100 VUELTAS AL MUNDO

MEMORIAS Y EXPERIENCIAS DEL CAPITAN HORTA ALREDEDOR DEL MUNDO

BY

Henry Horta

Agradecimientos

Quiero reconocer y pedir disculpas a mi familia y a mis hijos por no haber estado presente en sus vidas mientras volaba alrededor del mundo, perdiéndome de sus cumpleaños o de la Navidad. También pido disculpas a mis lectores si alguna de mis opiniones o puntos de vista les resultó ofensiva, pero como suele suceder, siempre es mejor decir la verdad.

Por encima de todo, agradezco a mis padres por haberme criado con buenos ejemplos de humildad, de valores y de principios—y, en especial, con una actitud de nunca rendirse. Agradezco a todos mis amigos y familiares por su amistad y apoyo a lo largo de los años, y en particular a las mujeres amorosas de mi vida que compartieron su cariño conmigo cuando más lo necesité.

Gracias por comprar mi libro y por leer mi historia.

Sobre el autor

En la década de 1960 crecí tanto en California como en México. Pasé la mayor parte de mi infancia en el sur de California, donde empecé a soñar y a visualizar cómo quería que fuera mi futuro. Me impresionó la primera caminata de Neil Armstrong en la luna, y de inmediato quise ser astronauta. Pero luego vi la película Airport '74, con el actor Charlton Heston al mando de un hermoso Boeing 747 y rodeado de azafatas espectaculares.

En ese momento, lo que quería era ser Capitán de Aerolínea, como el actor de la película. Desarrollé un apasionado sueño de convertirme en Piloto Internacional y viajero del mundo. A través del pensamiento positivo y utilizando el método de la visualización, enfoqué mis metas y mis sueños. Practicaba, sin saberlo, la ley de la atracción: convertir mis pensamientos en realidad mediante el arte de la visualización.

Esa práctica hizo que mis sueños se hicieran realidad, y ahora comparto con el lector estas enseñanzas junto con mis aventuras y desafíos de vida. Mis 35 años volando aviones Boeing de gran porte alrededor del mundo me llevaron a la mayoría de las grandes ciudades y países. Registré 23,000 horas de vuelo, equivalentes a 460 vueltas al mundo, incluyendo 100 circunnavegaciones en los últimos cinco años. He vivido en una docena de países distintos y aprendido hasta cinco idiomas.

Mientras disfrutaba del sol y el surf en lugares exóticos, así como de dos travesías del Océano Pacífico en velero, desarrollé mi amor y respeto por el mar. En el camino conocí a personas maravillosas y finalmente formé una hermosa familia con hijos.

Espero que disfruten mis historias y que, al mismo tiempo, encuentren momentos para reír. Para los soñadores del amor y de la vida, me daré por satisfecho sabiendo que mi historia los haya influido o inspirado a cumplir sus propios sueños y metas.

Pueden seguirme en línea en eh_horta@yahoo.com o en mi página de Instagram y Facebook.

Con cariño,

Capitán Enrique Henry Horta

Índice

Prólogo

Cuando escribí mi primer libro, Aventuras y memorias de un piloto de aerolínea, estaba viviendo el sueño: volando el imponente Boeing 747 a través del Pacífico, navegando mi velero hacia atardeceres hawaianos y formando una familia en el paraíso isleño de Oahu. La vida tenía su propio ritmo entonces: la emoción de los cielos, la calma del océano, la alegría de poner por escrito las historias que se habían acumulado a lo largo de décadas de aventuras, travesuras y experiencias cercanas a la muerte. Creí que aquel libro sería un capítulo de cierre.

Resultó ser solo el intermedio.

Captain BLIGH Flies Again no es solo una continuación. Es un ajuste de cuentas. Es lo que sucede después de que el trabajo soñado se derrumba, después de que la aerolínea se declara en bancarrota, después de que termina la sesión de surf y la vida real te lanza otra tormenta en el camino. Este libro comienza donde terminó el anterior, pero va más allá. Hacia zonas de guerra disfrazadas de contratos. Hacia la soledad de hoteles lejanos. Hacia amistades forjadas en cabinas de mando y tensiones abiertas por malentendidos culturales. Hacia desiertos, océanos y ciudades extranjeras donde el peligro y la belleza bailan juntos, lado a lado.

Si mi primer libro trataba de convertirme en piloto, este trata de seguir siendo humano mientras lo soy.

He volado para 15 aerolíneas en más de una docena de países y he vivido avistamientos de OVNIs, fallos de motor e incendios en cabina. He surfeado playas prohibidas, he sido asaltado en mercados y he rezado por mi vida en las heladas marejadas del Atlántico. Este no es solo un libro de memorias sobre los lugares en los que he estado o los aviones que he pilotado. Es un tributo al viaje impredecible de decirle sí a la vida. Una y otra vez.

Así que, abróchate el cinturón, lector. Esto no es un manual ni un registro de vuelo. Es una travesía palpitante, salada y cazadora de cielos. Y todo es verdad.

Capitán Enrique Bligh Horta

Capítulo 1

El presente y el final

Parecia como un sueño surreal. La lluvia caia pesadamente sobre el parabrisas de una nave que parecia estar sumergida bajo el agua. La nave se sacudia como si estuviera sujeta por un ser monstruoso que la queria destrozar. Mi corazón latia como un tambor de carnival y sentia la adrenalina llegarme hasta las esquinas mas distantes de mi cerebro. Mi cuerpo y corazón sentian parte miedo, parte emoción y excitación. De repente me recuerdo donde estoy y que esta' pasando. Entro en estado de sobrevivencia y mis instintos me dicen que yo estoy en control y tengo que aterrizar esta nave en esta lluvia tormentosa en medio de la noche.

Me encuentro en una aproximacion al aeropuerto de alexandropoupolis Dimokritos, al este de Grecia vicino a la frontera con Turquía. Habiamos despegado de Bahrain con una carga especial para los israelíes. 85 toneladas de juguetitos, ayuda humanitaria y proteccion antimisiles diseñados para detectar y interceptar misiles balisticos dirigidos a su espacio aereo. Este tipo de operaciones estan sujetos a reglas y acuerdos de los gobiernos. Yo nadamas vuelo el avion y como comandante del Boeing 747-400, soy responsable de que llege la carga a su destino. La compannia aerea mantiene constante comunicación con nosotros respecto a la seguridad o riesgo de la operación. Existe la posibilidad que los grupos terroristas nos quieran tumbar el avion con un missil de tierra, pero que ganarian con eso. Ademas, las autoridades israelíes nos han dado el permiso para continuar y aterrizar lla que según sus medios de informacion, esta semana no existe alerta de riesgo de ataque de parte de los terroristas. Si fueran a intentar dispararnos, se convertiria en un conflicto internacional donde estados unidos intervendrian

directamente al punto de atacar a los culpables directamente sin piedad. Claro que yo y mi tripulacion lla estariamos viendo el show desde el cielo. La bronca es entre Israel y iran, que apollando y financiando a los grupos terroristas no van a parar hasta que alguien les ponga un estate quieto. Pero porque darle la vuelta de Bahrain a Grecia y luego de alli a Israel. Existe diplomacia y respeto de los paizes arabes hacia la hermandad arabe. Aunque saben que IRAN esta' agrediendo a Israel hacen la vista gorda y se quedan callados. Este conflicto entre Israel y Palestina lleva mas de tres mil annos y seguira' otros mil annos si no estalla en guerra nuclear.

Hace unos dias por segunda vez Iran disparo' ciento ochenta missiles hacia Israel para vengar la muerte de dos generales y lideres de los grupos terroristas, hamas y hezbollah. Pero Israel con la ayuda de Estados Unidos y Jordania ademas de otros paizes europeos, defendio' su espacio aereo y no hubieron victimas (excepto una persona del lado de Jordania). Ahora, yo que tengo que ver con el entierro. Yo he vivido en Jordania en el anno 2009 y tambien pase' bastante tiempo en Israel. Tengo amistades en ambos lados. Prefiero considerarme neutral pero en este caso, Iran es el agresor. Israel esta' defendiendo su territorio y esta' intentando detener la agresion de estos grupos terroristas. Iran sigue incitando y apollando a los grupos terroristas de Hamas y Hezbolah mientras se esconden en el estrecho de Gaza y en Lebannon. El fanatismo y odio ha llegado a un nivel muy peligroso de parte de Iran al punto que quieren desaparecer del mapa a Israel. Pero Israel con la ayuda de Estados Unidos no se va a dejar. Y obvio que es mas fuerte y mas avanzado en armas de ataque y defensa. Y lla sabran quien les proporciona esas armas de defensa y ademas ayuda humanitaria.

Nadie quiere una guerra nuclear porque todos pierden y nadie gana. Por eso aveces es necesario cortar las cabezas de las serpientes que estan poniendo en peligro la paz mundial. Pero volviendo a mi vuelo, o sea que teniamos que aterrizar en Grecia, para que no se viera obvio que la ayuda humanitaria que llevabamos a Israel salio' de Qatar o Bahrain. Ademas, habiamos atravezado el medio oriente via Saudi Arabia y volado atravez del mar mediterraneo y las islas de Grecia, nadamas para cumplir un arreglo politico. Este no era un aeropuerto de tamanno normal y adecuado para un Boeing 747 jumbo. La pista medi'a solo 8,471 pies, 2,582 metros. Normalmente llegamos a aeropuertos con mas de 11,000 a 13,000 pies de longitud. Y ademas llegar con mal tiempo y a una pista muy antigua y con una superficie con coeficiente de friction adecuado para naves de tamanno medio, e. G. B737.

Los informes meteorologicos que nos habian proporcionado estaban adecuados y dentro de los rangos legales para efectuar una aproximacion VOR de no precision a la pista 07, o sea aterrizar hacia el oriente. Nuestro aeropuerto alterno estaba a media hora de nuestro destino y nuestro combustible era superior al requerido en caso de que tuvieramos que desviarnos alli si no lograramos aterrizar. Nos preparamos para la aproximacio'n y hicimos los briefings necesarios respecto a la aproximacio'n "VOR" de no precision que ibamos a efectuar. Tambien verificamos que estariamos dentro de los parametros normales y legales a los que siempre estamos sujetos. El informe meterologico era tambien dentro de los rangos y limites que se nos conceden. Habia algunas nubes en el area del aeropuerto pero buena visibilidad con lluvia ligera y vientos cruzados con refagas hasta 36 nudos del sur, o sea del lado derecho. Las bases de las nubes llegaban a 1000 pies y la visibilidad reportada era superior a dos millas. O sea, seria una aproximacion adecuada respecto a lo legal pero todo dependia que tuvieramos la pista a la vista antes de continuar a aterrizar.

Esta aeronave Boeing 747-400 aunque lla es algo antigua, es aun muy sofisticada de la compannia Boeing. Ademas que es la mas grande y pesada (alrededor de 400 toneladas) y tiene cuatro turbinas o motores. Cada sistema esta' respaldado por tres o mas sistemas alternos. Hay tres maneras de volar o operar este avion. Lla sea manual, como verdadero aviador sin usar nada de automatizacion. Con piloto automatico se puede operar de dos maneras distintas. Con la FMC, flight management computer via la navegacion vertical y lateral. Con asistencia de tres pilotos automaticos, ademas de los aceleradores automaticos. Esto requiere que la FMC sea programada con la ruta del plan de vuelo, con salidas y llegadas codificadas.

Y finalmente autoland, aterrizaje automatico. Hasta los frenos son automaticos. Pero los pilotos tienen que programar todo esto antes de comenzar la aproximacion. Tambien se puede operar con los pilotos automaticos por medio del MCP, mode control panel, panel de modo de control. El piloto seleciona unos interruptores que cambian rumbo, altitud, y velocidad manualmente. Casi como operar un juego de video.

Con un aterrizaje completamente automatico o sea Autoland, hasta la frenada del avion puede ser en automatico. Los frenos aerodinamicos que ayudan a detener el avion tambien se extienden automaticamente pero las reversas (tambien ayudan a desacelerar la aeronave) deben ser extendidas manualmente. Normalmente, cuando la visibilidad es menos de 550 metros y arriba de 75 metros al frente, se debe efectuar un Autoland. Aunque por procedimiento, en esta compannia no estamos autorizados a efectuar Autolands. (cuando volaba para Etihad Airways, en el Boeing777 y B787 si efectuábamos Autolands.

Todos los despegues y aterrizajes que efectuamos son manual en esta compannia. El piloto automatico se usa despues de despegar cuando lla se aburre el piloto de volar manualmente, arriba de 250 pies se puede engarzar. Pero casi siempre lo volamos manual a veces hasta 10,000 pies o mas. La mayoria de los pilotos lo engarzan a los 1000 pies.

Aunque parece simple la operación del despegue, es la fase mas critica y peligrosa de todo el vuelo. Es donde el aeronave esta' mas pesada, corre a una velocidad mas alta hasta de 300 kilometros por hora para poder despegar y tomar vuelo. Antes de la velocidad de decision, que se le llama V1, se debe hacer la decision correcta de lla sea continuar o abortar el despegue en caso de una falla. Cualquier falla durante la carrera del despegue puede ser muy peligrosa si no se hace la decision correcta, lla sea de abortar el despegue o continuar el despegue aun con un motor fallido o otra falla critica. Todo aspecto de performancia debe estar calculado y hecho con precision para que el avion tome vuelo. No crean que es nadamas jalarle y se eleva la aeronave. La operación de la aeronave en un despegue se puede comparar a un medico cirujano que va a hacer una incision en una cirugia. No es nadamas meter y cortar. No, es saber donde, cuando y con que precision cortar. Por eso esta analogia se puede comparar con un despegue. La diferencia es, que si el cirujano hace un error, solo muere una persona. Pero si el Capitan hace un error, pueden morir hasta 500 pasajeros en un B747. El detalle esta en saber donde, cuando y en que condiciones y velocidad se hace el movimiento de aplicar los controles hacia atras para que se eleve la aeronave.

A ciertos grados, normalmente 15 grados nariz arriba. Y a una velocidad de decision y rotacion que es distinta en cada despuegue. Estas velocidades han sido calculadas por una computadora de performancia. Tomando en cuenta: el peso de la aeronave, la temperatura exterior, la elevacion del aeropuerto, la longitud disponible de la pista de despegue, la presion atmosferica, y la densidad del aire exterior. Tambien las condiciones de lluvia, hielo, nieve o vientos con rafagas. El momento mas critico de toda la operación es el momento de la decision (se le llama V1, o decision speed, velocidad de decision) de abortar o continuar.

En ambos casos se requieren varios annos de estudio y experiencia para llegar a ese punto critico de operar y hacer la decision correcta en cada despegue de un avion comercial de turbina. Ese momento critico de decision decide el final de ese despegue. Si se queda y aborta un segundo mas tarde, se puede salir de la pista y arriesgar que el avion se rompa y se prenda en fuego por todo el combustible que carga en la panza y alas del avion. Y si continua con el despegue, se pueden recuperar y salvar el avion y pasajeros aun cuando les falla un motor. Todos los aviones de turbina estan diseñados para poder continuar con un solo motor, en el caso de aviones con dos motores solamente. Pero solo para continuar para regresar a aterrizar y no para continuar asi al aeropuerto de destino. Es por eso que el despegue es el momento mas critico y peligroso de cada vuelo. Tambien el aterrizaje es una fase muy critica. Pero generalmente el avion llega mas vacio, con menos combustible y vuela mas lento para aterrizar. El vuelo en cruzero siempre se hace con el piloto automatico engarzado (son tres Auto Pilots), el avion sigue su trajectoria o ruta de acuerdo con lo que el piloto programo' en la FMC, flight management computer.

Aunque esta fase de vuelo de cruzero es mas relajante, hay que estar pendiente de la posicion, condicion, operación y comunicación del vuelo. A veces cuando nos quiere vencer el sueño, nos tomamos turnos para hacer un power nap de unos 30 minutos, que es muy recomendado y absolutamente legal. (un piloto a la vez, claro). Se han hecho estudios y experimentos con pilotos de prueba (test pilots) para llegar a la conclusion que los pilotos que hicieron el power nap, estan mas alertas y mas pilas para una aproximacion y aterrizaje. Durante la aproximacion, lla que esta' el avion configurado para el aterrizaje y estamos establecidos con la pista a la vista, desconectamos el piloto automatico para aterrizarlo manualmente.

Esto es lo que es mas emocionante y divertido. Aunque en condiciones climatologicas adversas o mal visibilidad es un momento muy estresante.

Y ahora regresamos a mi aproximacion en Grecia. Seleccione' nivel 4 de autobrakes, frenos automaticos que era adecuado para esas condiciones y ese peso del avion, que era muy cercano al peso maximo de aterrizaje de 295 toneladas. Mi Copiloto era otro latino y dos Australianos sentados en el jumpseat. Lla comenzando los inicios de la aproximacion recibimos los informes mas recientes de la torre. El viento estaba aun con refagas de viento cruzado hasta de 36 nudos. Pero la lluvia habia aumentado considerablemente. Les comente' a mis tripulantes de que en caso de una aproximación fallida, declararíamos PANPANPAN y les informaríamos que estaríamos virando al sur inmediatamente para evitar volar directo a las nubes cumulonimbus que nos esperaban allí.

La llamada PANPANPAN es solo una llamada de urgencia, mas no para declarar emergencia, para eso esta' el MAYDAY MAYDAY MAYDAY . Que viene de la frase en frances, m' aidez, me ayudan. Cuando lla estabamos configurados para aterrizar y con las listas de aterrizaje completas, (landing checklist), entramos en condiciones visuales y teniamos la pista a la vista.

Con la pista a la vista, desconecte' el piloto automatico lla que sabia que podiamos continuar legalmente para la fase final de esta aproximacion. De repente de una nube que estaba sobre nosotros, se vinieron chubascos de agua con turbulencia moderada y solo se veian las luzes centrales de la pista. Debido al viento cruzado de 36 nudos del lado derecho, el avion se apuntaba hacia el viento, o sea que la nariz estaba apuntando varios grados hacia la derecha. La aeronave tiende a apuntar hacia el viento, aunque se mantenga la trajectoria directa a la pista. A esto se le llama, weathercock effect. O sea que visualmente yo veia el centro de la pista como si me quedara del lado izquierdo. Cuando aumento' la lluvia considerablemente le pedi' a mi copiloto que seleccionara los parabrisas, a lo que el grito' que no los encontraba lla que su mano saltaba por todos lados debido a la turbulencia. Yo continue' con la visibilidad que tenia y hice el flare , (aplicar elevador accionando los controles hacia atras para detener el decenso vertical de la aeronave). Mientras accionaba el pedal opuesto para enderezar la nariz con el timon y alinearla al centro de la pista. El avion toco' tierra en el centro de la pista y los frenos automaticos comenzaron a funcionar. Ademas de los frenos aerodinamicos.

Pero no se detenia la bestia B747. No bajaba velocidad aun cuando extendi los frenos aerodinamicos y meti las reversas de esas cuatro turbinas al maximo. Esto era debido a que se patinaba sobre el agua que se habia acumulado en esa pista vieja y resbalosa. Hydroplaning o aquaplaning se le llama a este fenomeno. Esto sucede cuando las llantas del avion no hacen contacto con el asfalto debido a la tela de agua caliente entre el asfalto y la llanta. Esto causa la perdida de traccion que previene que las llantas comienzen a frenar. Mi copiloto gritaba, "no esta frenando no esta frenando". Y yo comenze' a frenar manualmente con mis pies. Le meti' toda la fuerza de mis piernas (o sea le meti' toda la chancla a los frenos) sobre los frenos mientras las reversas rugian al maximo. Lla casi al final del lado opuesto de la pista, de repente agarraron los frenos traccion y se desacerelo' la nave repentinamente, causando que el orno del galley saliera volando hacia el frente cerca de la cabina de pilotos. Logre' parar la bestia en los ultimos 300 pies de la pista, justo lo suficiente para efectuar un viraje de 180 grados para regresar a la terminal sobre la pista. Mi corazón lleno de adrenalina latia como loco y mi garganta se sentia muy seca, como si los tanates se me hubieran subido hasta el cuello. Literalmente asi me sentia. Supongo que eso es algo que solo los hombres sentimos en situaciones precariosas. Efectuamos la lista de checkeo de "despues de aterrizar" que consiste en retractar las aletas y frenos aerodinamicos, establecer corriente electrica del APU (auxiliary power unit), y apagar luces de aterrisaje entre varias otras funciones. Llegamos a la terminal en silencio, apagamos motores y sonreimos entre nosotros felices que evitamos un desastre. Esta fue' la primera vez en mi carrera donde verdaderamente comenze' a creer que ibamos a terminar en el zacate en pedasitos. Si nos hubieramos salido de la pista, eso es lo que normalmente pasa. Lla llegando al hotel en el pueblito griego, les ofreci' una bebida fuerte (jaggermeister) a los otros pilotos.

El cual uno de ellos me respondio', "debo cambiarme los

boxers primero". Claro que estaba bromeando. Pedi' dos Jaegermeisters con hielo y nos acabamos dos botellas de vino tinto entre tres. Para que se nos calmaran los nervios. La verdad que pense' que terminaria en un episodio de Aircrash investigations si nos hubieramos salido de la pista. Posiblemente hubieramos estallado como fuegos artificiales y seguro que estuvieramos en todas las imagines satelitales y en las noticias internacionales. Claro, me hubiera despeinado un poquito nadamas…. Que mas queda, un poco de sarcasmo y ironia. Asi ha sido mi carrera de piloto aviador, la mallor parte de mis vuelos sin ningun evento especial, y un poco porcentaje con riesgo y peligro. Hay un dicho que dice en ingles. "airline flying is mostly long moments of boredom punctuated by sheer moments of terror. "

Traducido a espannol seria algo asi, " volar en una linea aerea es por lo general largos momentos de aburrimiento, marcado por momentos de puro terror. "

lla me queda menos de un anno para jubilarme de mi carrera de aviador internacional y cruzo los dedos que complete esos 35 annos de carrera profesional sin ningun accidente. Mi mas reciente evento estresante fue' llegando a Miami hace unos meses. Yo era el PIC (pilot in command), o sea el Capitan al mando de Anchorage Alaska hacia Miami. El pronostico del tiempo a nuestra hora de llegada mostraba un poco de lluvia y vientos del sur con algo de rafagas ligeras. Aun asi habia buena visibilidad. Como llevabamos 105 toneladas de carga que provenia de China, (probablemente baterias y objetos flamables y exposivos) solo pude cargar dos toneladas de mas al combustible requerido. Lla que estabamos limitados por el peso de aterrizaje de 295 toneladas. Mi copiloto era un

Italiano y los otros dos pilotos en el jumpseat, un capitan Etiopiano y otro copiloto Australiano. Ademas de los dos ingenieros mecanicos y el maestro de carga. Segun el plan de vuelo requeria 14 toneladas de combustible adicional para el aeropuerto alterno de Orlando Florida.

Cuando estabamos a media hora de comenzar el decenso, nos quedaban 18 toneladas de combustible. O sea 4 toneladas extras. El tiempo actual mostraba un poco de lluvia y vientos cruzados. Nada fuera de lo normal. Decidi' continuar a nuestro destino lla que parecia que no tendriamos problemas para aterrizar en cualquiera de las cuatro pistas que tiene Miami. ATC, el control de trafico aereo de Miami comenzo' a darnos vectores hacia el sur para evitar varias nubes cumulonimbus que se habian situado sobre la trallectoria de la aproximacion. Ademas, nos cambiaron tres veces la llegada codificada (STAR). Con todos estos vectores nuevos nos alejaron casi 100 millas de mas sobre el mar caribe. Hacia el sureste de Miami. Estabamos concientes que el combustible que necesitabamos para efectuar una desviacion hacia el aeropuerto alterno de Orlando aun mostraba arriba de 14 toneladas.

Aqui es donde los annos de experiencia como Comandante (25 annos) nos permite planificar y tener un plan alterno o varios planes alternos ABC. Efectue' el briefing a los companneros y les hice saber que si el combustible se reducia a menos de 14 toneladas estariamos cometidos a aterrizar en Miami, sin poder lla considerar el alterno lla que no contariamos con los 14 toneladas requeridas para desviarnos a Orlando. Esa cantidad nos permitia aterrizar en el alterno aeropuerto con minimo 7500 kilos, mas 6500 para llegar alli. El informe meteorologico aun mostraba arriba de los minimos requeridos y habiendo 4 pistas disponibles era seguro que podriamos aterrizar en Miami. Como plan A, comente' que informariamos a Miami que no podriamos entrar en patron de espera por mas de 10 minutos, ellos nos preguntaron primero cuantos minutos podriamos entrar en patron de espera) y luego pediriamos vectores directos, o sea que no podiamos aceptar mas desviaciones hacia el este. Plan B, por si el combustible mostraba que aterrizariamos con menos de 8 toneladas, declarar PANPANPAN y pedir asistencia especial con vectores mas directos por cuestion de combustible reducido. Como plan C, que esperabamos no tener que llegar a eso. Consistia de declarar MAYDAY tres veces due to Insufficient fuel. Eso por si llegabamos con menos de 6 toneladas o 30 minutos de combustible restante para el aterrizaje.

Declarar una emergencia es algo serio y ningun Aviador desea tener que recurrir a esa opcion pero es necesario en caso de que el combustible de llegada fuera menos de media hora de vuelo. En este caso exigiriamos cualquiera de las pistas aterrizando hacia el poniente. O sea en las pistas 26 o pista 27, preferible con un poco de viento de cola pero mas directo en caso de una emergencia por falta de combustible. Asi es que cuando Miami ATC quizo insinuar que nos mandaria mas al este de la costa, le informamos que no era posible debido a nuestra situacion de combustible que lla indicaba 10 toneladas.

Pedimos vectores o sea instrucciones con un rumbo mas corto hacia la pista 09. El controlador del area sonaba muy estresado debido al gran numero de aeronaves que se le habian acumulado en su sector y nos apresuro' a una llegada visual con un viraje hacia la pista muy apretado. Aunque aun no estabamos en condiciones visuales, el control aereo queria forzarnos a aceptar condiciones visuales. O sea que para la pista 09, no debia meternos a menos de 6. 6 millas de la pista, para poder efectuar un patron adecuado y estar en buena posicion para configurar el aeronave y estabilizado antes de 1000 mies de elevacion. El combustible mostraba 10 toneladas y estabamos tranquilos que si podriamos aterrizar. Pero con todo el estrés se nos apresuro' el controlador y nos metio' adentro del final approach fix, que era adentro de las 6. 6 millas a 1500 pies. Y para acabarla, el viento del sur nos aumento' la velocidad sobre tierra lla que nos pegaba con 36 nudos de viento de cola. Aunque nos autorizaron para un aterrizaje visual, el piloto automatico no pudo capturar el localizador de la pista 09. Ademas no estabamos estabilizados sobre el localizador y glideslope (pendiente de planeo). Aunque la pista estaba a la vista cuando estabamos cruzando 1000 pies, los reglamentos dictan que no estabilizados, hay que efectuar una aproximacion fallida, o sea, ida al aire. Mientras estuviera indicando mas de 8 toneladas de combustible podriamos intentar un segundo intento y lograr aterrizar con mas de 7. 5 toneladas, que es el minimo que nuestra compannia exige. Este seria el ultimo intento y no tendriamos la opcion de un tercer intento.

En las estatisticas en la aviacion, casi todos los terceros intentos terminan en accidentes. Declaramos missed approach, y comenze' los pasos a seguir para una aproximacion fallida. Aplicar potencia maxima, elevar la nariz del avion a 15 grados arriba, y pedir aletas flaps a 20 grados. Luego despues de acenso positivo pedir tren arriba. Y de alli seguir el procedimiento codificado de la ida al aire. Por fortuna fueron vectores cortos.

El controlador sabiendo que estabamos en una situacion de combustible minimo, nos vectoreo' hacia el poniente para regresar a hacer otro intento de aterrizaje. Esta vez le instrui' al copiloto que le informara al controlador que nos encontrabamos en un minimum fuel condition. Para que el controlador no nos llevara muy lejos al poniente, y asi lo hizo. Pero la voz del controlador estaba super alterada y acelerada y nos insistio' que teniamos que aterrizar esta vez. Obvio que no queria tener que explicar un posible incidente o accidente. Esta vez nos aviso' que nos iba a vectorear o guiar adentro de 5 millas para que efectuaramos una llegada visual a la pista 09. Despues del downwind leg, luego el base leg lla habia configurado el avion con tren abajo y aletas finales y virando a final comenze' a decender a 1000 pies con pista a la vista. Lla con la pista a la vista desconecte' el piloto automatico para tener mas reaccion manual y asegurar un aterrizaje seguro.

Justo al iniciar el Flare, a 30 pies, aplique' el pedal opuesto para enderezar la nariz del avion y el bello Boeing 747 se poso' sobre el asfalto suavemente. Meti' reversas con frenos aerodinamicos y facilmente se detuvo la aeronave. Seguimos las instrucciones de rodar, (taxi insructions) y note' que el combustible de llegada estaba justo en las 8 toneladas. Fue' un momento algo estresante pero al mismo tiempo una sobre dosis de adrenalina que no se puede igualar a cualquier otra cosa.

Hay muchas mas historias y aventuras de vuelos que podria

compartir pero nadamas contare' las mas importantes. A continuacion les contare' mi historia de aventuras y experiencias alrededor del mundo. Algunas son historias de aventuras que inicie' en 1982, como mochilero en Europa y el norte de Africa, en velero por el oceano Pacifico o surfeando varios paizes del mundo. Intentare' no aburrirlos con muchas historias de amor (solamente algunas con mujeres que tuvieron un efecto significativo en mi corazón y mente).

Luego comienzan mis viajes desde 1990 como Piloto Profesional. Desde ninno sonnaba ir a la luna como astronauta. Despues de que vi en la television como Neil Armstrong caminaba por la luna en 1969 (o pretendia que lo hacia). Pero cuando vi por primera vez la pelicula " Airport 1975, con Charlton Heston como el Capitan del Boeing 747. Desde entonces quede' hipnotizado por esa hermosa aeronave Boeing 747 y las bellas azafatas.

Y alli nacio' mi sueño de ser capitan de Boeing 747 y viajar por todo el mundo rodeado de mujeres bellas. No sabia como le hiba a hacer para hacer mis suennos realidad, lla que eramos de familia sencilla de clase media y mis Padres siendo de mentalidad de pueblo no pensaban que yo tendria la habilidad o facilidad para hacer mis suennos realidad.

Voy a relatar un poco en breve como se me presentaron oportunidades y obstaculos, y los metodos que utilize' para mantener mis suennos de mi ninnes vivos por medio de la tecnica mental de visualizacion y de esta manera hacerlos realidad. Mi ninnes no me permitia seguir mis suennos mientras seguiamos viviendo en Mexico. Viviamos entre Guadalajara y Colima, una ciudad tipo pueblo pero muy bonita al lado de la laguna. Era muy antigua y sigue siendo muy bonita y pintoresca. (a ver si adivinan donde es)

Pero yo y mis hermanos no estabamos muy agusto que digamos. El clasismo en esos tiempos era muy marcado por las sociedad de mentalidad de pueblo. La ignorancia, soberbia, arrogancia y narcisismo era muy visible sobre todo en los grupos de familias que no necesariamente eran pero se creian adineradas. (los wannabes, o sea los que querian presumir de serlo pero no lo eran). Mientras era yo aun un adolocente, tuve mis problemitas con un grupito pandillero de los ninnos ricos del portal.

Que ademas de montoneros eran cobardes porque despues de haberme buscado pleito dos de ellos, los de su pandilla me tiraban patadas mientras yo me defendia del que me busco' pleito. Los dos cabesillas de la pandilla me comenzaron a hacer bullying mientras yo patinaba por el jardin. (era la era de los patines y la plaza central, o sea el jardin, en los annos

70s estaba repleto de ninnos y adolecentes en patines.) me convencieron que me quitara los patines para partirnos la madre con el cabesilla de ellos.

Yo no me raje' y me quite' los patines. Habia aprendido de mi Padre que los hombres no se rajan, y me dije a mi mismo, mejor aquí quedo que aquí corrio'. (muy contrario a los consejos de mi madre que decia lo contrario, "mejor aquí' corrio' que aquí quedo'"). Como yo a los 13 annos no sabia pelear ni conocia aun el miedo, solo asumi' la posicion de Kung Fu que veia en las peliculas como le hacia mi gran heroe Bruce Lee. Esto hizo que el cabesilla no me atacara por miedo pensando que sabia yo karate o kung fu. Pero al caerme yo de espaldas, tropezado por una bicicleta que ellos me puisieron alli, me brinco el cabesilla y se sento' sobre mi pecho. Nunca se me olvida como olia a puerco el desdichado. Hasta ese momento, yo era tan inocente que no sabia que era tener miedo. Pense' que todo esto era como un juego de ninnos. Hasta que me estrello' la cabeza en el cemento. Este fue' el momento de mi vida donde me desperte' de pensar como ninno, donde me di' cuenta que los humanos eran malos.

Tomo' mi cabeza y intento estrellarmela de nuevo contra el cemento. Lo logro' una vez porque por instinto, yo le agarre' las munnecas y al mismo tiempo mis piernas largas le daban patadas atrás de su cabeza. El lla no podia hacerme danno porque lo tenia yo agarrado fuerte de las manos y aunque seguia arriba de mi, yo me lo seguia chingando con patadas a su cabeza. Nadamas se sacudia su cabeza de cada patada que yo le acomodaba por atrás. Fue' cuando su hermanillo y su amigo me comenzaron a patear la cabeza. Ahora era yo el que sacudia mi cabeza de izqierda a derecha para minimizar el golpe de las patadas.

Todo esto sucedia en frente de la comandancia, y por eso no tardaron en llegar los policias. Ellos corrieron como gallinas y yo me quede' parado pensando que siendo yo la victima, me iban a dejar en paz los policias. Pero uno de ellos bien mamon y burlesco me arrastro' a la comandancia. Aun cuando unas sennoras que vieron todo me defendian y insistian que ellos me buscaron pleito a mi. Fue' alli donde senti' miedo porque pense' que me iban a encarcelar. Por suerte el Comandante Horta era un primo lejano de mi padre y me dejo' ir con un consejo. Cuando le dije el apellido de los cabesillas, me dijo que tuviera cuidado con esos pandilleros porque tenian fama de ser montoneros y traicioneros.

Eventualmente esa pandilla de juniors montoneros me respetaban y me dejaron en paz despues de intentar buscarme pleito otra vez. Esta vez le dije al cabesilla que solamente el y yo sin su pandilla. Y no le entro'... alli quedo' la cosa y despues de eso lla no me buscaron pleito. Ahora lla que sabian que no me les raje' y que tenia yo mas agallas que ellos, me mostraban respeto y hasta nos saludabamos con algunos de ellos. Mi hermano Jose' aveces era como mi guardaespaldas, pero tambien mi verdugo. El era un anno mas grande que yo pero mas desarroyado y con mucha agresion. Aveces no hallaba yo a que lado aliarme, lla sea con el, mintiendo para protegerlo, o con mi Mama' para que no me madreara ella por alcahuetearle.

Mi ninez fue' como estar parado entre dos fusiles. Como deseaba yo crecer rapido para poder defenderme. Lo malo es que pareciamos gemelos y varias veces me quisieron buscar pleitos a mi, enemigos de el, pensando que yo era el. Durante esa etapa de mi vida, no fue' facil ser yo. Lo unico que me daba esperanza era mi imaginacion y fantasia donde me veia viajando el mundo y volando aviones grandes por todo el planeta. Mis momentos felices eran cuando salia con bicicleta por toda la ciudad o con patines en el centro. Tambien era feliz cuando mis hermosas tias Hilda y Ofelia nos visitaban y nos mostraban mucho carinno y comprension. Yo deseaba seguido que mi tia Hilda hubiese sido mi madre. No comprendia porque ella si era asi de linda y mi Madre no podia mostrar ningun afecto o carinno. Mi hermano y yo anelabamos regresar a California y eventualmente convencimos a nuestros Padres cuando intentamos escaparnos de la casa cuando teniamos 13 y 14 annos.

Nuestro plan era irnos de trampas en el tren de carga. Para llegar hasta Mexicali por tren y luego de alli a California por carretera. Lo bueno que mi hermana Lulu la chismosa (jajaja, te quiero mucho hermanita) nos salvo' de un desastre cuando fue' con el chisme a mis padres y nos agarraron Infraganti.

Este evento' hizo llorar a mi Madre, que no entendia porque nos queriamos alejar de ella. Despues de esto, nos comenzo' a dar mas libertad y a jodernos menos. Aunque las cachetadas y la chancla voladora aun volaban porque era ella como la pistolera de cachetadas mas rapidas del Oeste. Y que no se diga que su chancla voladora era la mas veloz y su punteria era de envidiar, pero tambien volaban escobas ganchos de ropa y lo que tuviera a su alcanze.

Mi Madre nos forzo' a todos a estudiar en el Instituto

comercial Lugo para ser contadores mediocres. Pero llegando al tercer anno yo a proposito me hice reprobar para mostrarle a mi Madre que a fuerzas nada. Ademas que le choque' su bochito 1972 cuando lo sacaba sin su permiso, (ademas le choque' un bochito 69 a mi amigo Luis). Cuando mi Madre llego' de su misa de la tarde se asomo' a la cochera y desde mi cuarto la escuche' gritar. " hijo de la ch...perro desgr...te voy a matarrrr. " la misa y los pun puns al pecho que acababa de hacer en sus rituales diarios de vestidora de santos de la iglesia no le sirvio' de nada para perdonarme en ese momento. Me queria matar a escobazos y me tuve que encerrar en mi cuarto toda la noche. Por suerte en la manana mi hermanita Lulu me dio' algo de dinero para que me fuera de la casa antes de que regresara mi madre de punpuniarse en la iglesia. Y me escape' en el autobus a Guadalajara. A ciudad Granja. Con mis primos hermanos los Gutierrez que eran charros vaqueros. Alli si' era yo libre y feliz montando los caballos y ayudando en el rancho. Era una casa tipo rancho a la orilla de ciudad Granja. Con un huerto grande al frente y un patio enorme en la parte de atrás donde guardaban los animales. Con ellos pase' las etapas mas felices de mi ninnez y adolesencia. Me ensennaron a montar, ordennar, hacer queso de leche de cabra y atender a los caballos. Hasta de jinete jockey me usaban para ganar sus carreras de caballos que hacian entre pueblos. Yo sali siendo muy buen jinete sobre todo cuando montaba a pelo y ni mis primos me alcanzaban cuando jugabamos carreras. Eran cinco primos pero en el rancho lla nadamas quedaban Alejandro, Daniel y su Papa'. Me adoptaron a vivir con ellos siempre y cuando ayudara yo en las labores del rancho. El cual lo hacia con toda felicidad con tal de estar lejos de mi madre. A fin del verano mi Padre fue' por mi y me convencio' de que regresara a la casa para la bodade mi hermana. Hasta me aseguro' que no dejaria a mi madre que me quebrara la escoba sobre la cabeza y prometio' convencerla que regresaramos a California. Mi hermana la habia calmado pagando ella la reparacion de su bochito. Resulto' ser muy buena onda mi hermanita la chismosita.

Asi es que a los 17 annos regrese a California con mis padres y mi hermano. Para eso lla habiamos vivido gran parte de nuestra infancia en California. Al principio nos instalamos cerca de Santa Cruz California en Watsonville. Donde yo intente' registrarme en el high school de noche porque trabajaba de dia. (trabajaba en mi primer trabajo como courtesy clerk en el Happy Burro market.) mi Madre no cooperaba conmigo porque no queria que yo estudiara y preferia que me metiera a trabajar.

Estaba aun encabronada porque renuncie' a sus planes de hacerme Contador mediocre. Nunca comprendia yo el egoismo y control que tenia mi madre sobre nosotros. Ni ella se daba cuenta porque era asi. Pobresita, eventualmente la perdone' porque ella tambien fue' victima de falta de amor y mal trato en su infancia.

Estaba traumada y emocionalmente dannada desde su ninnes, lla que estuvo invalida sus primeros siete annos. Y luego tuvo que cuidar a todos sus hermanitos que eran siete. Por eso la comprendi' y la ayude a sobresalir sus broncas emocionales. Pero su abuso sicologico lla nos estaba afectando a todos, sobre todo a mi pobre hermana que por eso la oriento' a casarse a los 19 annos mas que nada pienso yo para salirse de la casa. Mi hermano Jose' o como le decian 'joi' (sobre todo cuando se lo queria joder mi madre y el corria mientras ella le gritaba "joiiii no corras porque te traga la tierra," cosa que yo si me la creia y paraba de correr , y era a mi que me chingaba) el lla se habia salido un anno atrás, metiendose a la marina, la Navy. Asi es que quedaba yo que era el unico que agarraba ella como bolsa de boxear. Según ella, yo no era lo suficientemente inteligente para estudiar como piloto. Según ella, yo era bruto, pendejo o feo con cara de burro. Lo malo de eso es que lla estaba comenzando a creermelo. Mi padre si me queria apoyar para que yo estudiara, y trato' de convencer a mi madre que con el trabajando, me podia apoyar para que yo estudiara. Pero al final haciamos lo que mi madre ordenara. Por eso le deciamos la Generala. Peleaba mucho yo con ella y una noche decidi' irme de la casa, y de noche.

Comenze' caminando por la carretera encabronadisimo y sin destino alguno. Luego mi Padre me fue' a buscar en la camioneta y me convencio' que regresara y que el trataria de convencer a mi Madre. En cuanto cumpli' 18 annos le dije a ella que ahora si lla que era yo adulto iba a hacer lo que yo queria. Terminar el high school y ingresar a la Fuerza Aerea para luego aplicar al adiestramiento para Piloto. Mi madre lla no pudo contra mis derechos como adulto de 18 annos y decidio' que nos regresaramos a Mexico. Y yo conteste', "se van ustedes porque yo aqui me quedo". Llegamos a un acuerdo que me quedaria unos meses con mi Abuela y tios en Tijuana mientras me instalaba y acomodaba en San Diego.

Y asi le hice, acepte' quedarme con mis abuelitos y tios al principio. Pase' unos diez meses muy agradables con mis abuelos, Juanito y Benita. Tambien mi linda tia Chela, tio David, Arturo y Agustin. Todos vivian en una casa grande por la colonia Ruiz cortinez. Mi tio David tenia un Mustang rojo Mach1 1967 muy chingon que me inspiro' mi amor por los Mustang clasicos. Tambien hice una bonita amistad con los vecinos y Enrique y Omar que ambos tenian como cinco hermanas muy simpaticas. Eventualmente me quede' solo en San Diego despues de vivir en Tijuana esos meses mientras me orientaba y encontraba trabajo en San Ysidro.

Hice muy buen contacto con todos mis primos y primas que tenian mas o menos mi edad, y la pasamos bien padre saliendo seguido a tirar party con mis primas huapas. A los pocos meses me cambie' a vivir con un primo y prima a chulavista donde nos repartiamos todos los gastos de un apartamento. Mas que nada para ayudarles a ellos que se instalaran en San Diego porque yo lla tenia el apartamento. Pero como es de esperar, hasta entre familia hay mal entendidos y por desacuerdos y un mala interpretacion entre mi prima y yo, (mas bien ella de 22 annos que me dio' sennales de coqueteo y yo inocente aun de apenas 18 annos cai' en sus encantos.)

El cual no llego a nada, pero creo yo que usaron eso para hacerme malas caras y quedarse con el apartamento. Por eso mejor decidi' dejarselos y cambiarme a vivir con companneros del colegio. En una casa de la familia Silva, con Theresa, Bud y Jim en National city. Cuando comenze' a trabajar en el Safeway de san Ysidro, me inscribi a Montgomery highschool de noche para terminar el high school. Al principio cruzaba la frontera de Tijuana a san Ysidro en bicicleta para ir a la high school.

Era dificil porque al mismo tiempo tambien tenia que trabajar. Despues me inscribi al Southwestern College. Pero yo sabia que si no trabajaba, no comia. Y era muy orgulloso para pedir ayuda a mis Padres. Sobre todo despues de que mi Madre al despedirnos me dijera. " en unos meses vas a llegar a mi casa muerto de hambre y enfermo pidiendome caridad, lla veras cabron". Eso fue despues del cachetadon que me planto en la mejilla despues de que la cuestione' sobre lo que habia hecho con mis ahorros, cosa que no le gusto'. Y esa fue' mi despedida. Se subieron al taxi y nadamas mi Padre alcanzo' a despedirse de mi. Por lo menos mi padre me dejo' su camioneta vieja y mi madre me dio' 50 dolares porque según ella alli con mis abuelos no me moriria de hambre. Pero mi orgullo me mantuvo fuerte y firme. Aun cuando me corrieron del Safeway a los dos annos, por haberme quitado el monnito mamon que usabamos como parte del uniforme afuera cuando colectabamos carritos en el caloron. A la tercera vez que me cacharon, el manager, un mexicano apochado panzon me dio' un regannadon y me dijo," you are fired, nobody will hire you, you are good for nothing, you will never became somebody," estas despedido, no sirves para nada y nadie te contratara'.

Obviamente nunca supo ese tipo tonto lo bien que me fue' en la vida. Si me aguite' pero solo dure' una semana sin trabajar y tuve que ir a vender mi sangre plasma. Habia que acostarse por dos horas con dos agujotas, una en un brazo donde salia la sangre y la otra en el otro brazo donde llenaban las venas con liquido salino mientras el plasma se separaba de la sangre. Pagaban 55 dolares y con eso me ajusto' para una semana para poder tragar. Hasta que me contrato' el manager Steve Fazziolla, un buen tipo que era el farmaceuta de la Chulavista pharmacy.

Mi trabajo consistía entregando medicamentos a hospitales a casas ricas de ancianos en el condado norte de Pacific beach y la Jolla. Las entregas las hacia en mi Mustang 69 convertible que habia comprado por 660 dolares, todo golpeado y la transmision madreada. Pero lo reconstrui' y renove' con la ayuda de mi tio Jose' el gran mecanico experto, y mi primo Rigo que me lo pinto' en Tijuana. Despues de que lo habia chocado en Tijuana mientras llevaba a mi abuela y a mi tia Chela a hacer compras. Mi abuela se lastimo' algo del susto y el frenon, y por eso senti' que lla no era bienvenido en casa de los abuelos. Pero que quede claro que no estaba manejando como loco como creian mis tios. Y no fue' mi culpa porque yo trate' de detener a mi abuela con mi brazo derecho mientras pizaba los frenos y viraba a la izquierda para evitar pegarle de frente a una camioneta que se me atraveso' de repente. Aun asi le pegue' en la defensa de atrás y mi abuelita se lastimo' el cuello y se asusto' mucho. En mi Mustang 69 convertible cargaba mi tabla de surfear porque al completar mis ultimas entreguas de la farmacia, me quedaba a surfear en las olas de Pacific beach o en la Jolla.

Habia estado aprendiendo a surfear desde que regrese a california el anno anterior. Me habia dejado crecer el cabello que se me hizo chino natural, era el look de Carlos Santana, mi heroe de la guitarra. Surfeando y haciendo karate construi una figura semi atletica, lla que era flaco como un esphagetti. Ahora lla no le temia a nada en la vida y estaba dispuesto a llegar al final de mis metas. Al primer sueño de llegar a la luna, lla no me enfocaba porque era casi imposible como latino entrar a la fuerza area para adiestramiento como piloto y mucho menos para la NASA Y el segundo sueño de mi ninnez, de besar a la bella actriz de los annos 60s Raquel Welch, tambien imposible. Pero al sueño de ser piloto de Boeing si me enfoque' y comenze' a tomar los cursos de teoria y aeronautica en el Southwestern college. Habia ahorrado unos 2000 dolares y en 1981comenze' a tomar clases de Piloto privado con mi maestro de meteorologia, mr Brannen en su Cessna 172. Pero no me alcanzo' para continuar y tuve que abandonar ese plan para trabajar y ahorrar mas.

Capítulo 2

Mis aventuras en Europa y Africa del Norte

Mientras tanto me quedaban 1000 dolares y había conocido una chica que me había invitado a irnos de mochileros a Europa. Backpaking le llaman. Terminé tomando un vuelo barato yo solo de Los Angeles a Frankfurt, Alemania. Fue mi primera vez en un avión grande y fue en un Lockheed 1011 que terminó abortando el primer despegue, pero luego sí despegamos, ya que solucionaron el problemita los pilotos.

Llegando a Frankfurt tomé un tren directo a Amsterdam, al hostal Adan y Eva. Qué buen nombre escogieron, porque era muy liberal la estancia: chicas y chicos compartían recamaras y las duchas eran unisex. ¿Cuál fue mi primer sorpresa? Mientras me duchaba y de repente llega una europea a bañarse, me dice "buenos días" y se desnuda enfrente de mí. Noooo… tuve que ejercer control mental para que mi soldadito no se levantara a saludar. Después nos encontramos con mi amiga Carole en Bruselas. Pasamos unos dos días explorando la ciudad y luego de allí nos separamos y yo continué hacia el norte de Escandinavia con el pase de Eurorail que había comprado para dos meses.

Traversé todo Europa por tren y barcos transbordadores. En el barco de Stockolmo a Helsinky, Finland, hice mi primer contacto con las bellas escandinavas. En el bar conocí a Krista, una niña muy bonita de origen finlandés que me sonreía nada más porque casi no hablaba inglés, pero pasamos la noche bailando y conociéndonos íntimamente en los baños del barco (a treinta minutos de conocernos). Luego pasé el fin de semana en su casa, ya que sus padres la habían dejado sola ese fin de semana; creo que tenía 18 años.

Pero el honeymoon se acabó cuando recibió una llamada de teléfono a mediodía del domingo. Noté el semblante de su cara, cómo cambió a un gesto serio, y pensé que tal vez sus padres ya venían en camino. Pero no: era su novio que venía en camino. O sea que ella venía de ver a un novio en Stockolmo y luego me conoció en el barco a mí para luego invitarme a su casa, y ahora, para mi sorpresa, también tenía un novio en Helsinky que ya venía en camino. Fue un final abrupto a este sueño romántico con Krista, ya que me tenía que esfumar antes de que llegara el novio. Y se acabó de repente mi luna de miel de fin de semana.

Todavía aguitado y despechado, me continué por tren hacia el norte de Finlandia para luego ir a salir a Noruega. Mientras, en Narvick, en el norte de Noruega, en el sol de medianoche de verano, hice varias amistades. Uno de ellos fue mi gran amigo Karl Hiller, que fue' fundamental en mi destino de cómo terminé quedándome en Alemania. Quedamos de vernos en Pamplona para la corrida de los toros, en unas semanas, con Karl y sus amigos.

Viajaba mientras haciendo amistades y conociendo chicas bonitas, sobre todo en Escandinavia. Yo apenas tenía 21 años y parecía de 17, así es que, siendo latino, con larga cabellera rizada natural, era un hit para las escandinavas que querían tocarme el cabello para ver si no era peluca. Y luego me dejaban su número de teléfono. Eran muy aventadas y amistosas, súper amistosas.

Antes de llegar a Pamplona nos encontramos con mi amigo Karl Hiller en la estación de San Sebastián. Luego, llegando a San Fermín con su grupo de amigos, nos pusimos una buena peda monumental y eventualmente ellos me tuvieron que cargar al campamento. Lo que pasó fue que no había comido bien ese día y, después de tomar vino y cerveza, alguien me pasó un cigarro bien gordo que pensé yo que era la pipa de la paz. Tenía buen sabor a tabaco dulce y pensé que era solo tabaco. De repente, unos minutos más tarde, se me doblaron las piernas y caí de rodillas. Mis amigos me preguntaron que si estaba bien, pero ya no me pude parar. Me comencé a alucinar que me querían matar estos alemanes, y gritaba que me ayudaran a escaparme de ellos, pero ellos nada más se reían y me cargaron y dejaron en mi tienda de acampar para que me recuperara.

En la mañana siguiente me desperté con algo de vergüenza, pero me convencieron de que ahora teníamos que correr con los toros de Pamplona. Ya recuperado más o menos, me brinqué con ellos el muro que daba a las calles donde iban a pasar los famosos toros de Pamplona. ¡Qué emoción cuando vi los toros venir! Mi instinto me decía que no intentara correr al frente de ellos y me unté como mantequilla al muro más cercano, porque no me sentía en condición de correr. Por suerte pasaron como suelen correr, siguiendo al toro guía. Me imaginé que era yo invisible y pasé desapercibido. Luego corrí atrás de ellos. Sí, porque si no, había gente que se caía y terminaban con otro hoyo adicional en el trasero.

Al final del verano ya había hecho amistades con las que viajé a Francia, Portugal y Espanna. Karl, Volker y sus amigos me invitaron después a visitarlos a Mainz, que está cerca de Frankfurt, cosa que fue más que casualidad, porque fue allí que conocí a mi ex mujer y esa fue la razón que me terminé quedando en Alemania casi tres años.

Pero antes había viajado casi dos semanas con Britta, una alemana muy linda que hablaba espannol. Nos habíamos conocido en la playa de Antibes, cerca de Monaco. Habíamos estado acampando allí una semana con mis amigos. Después que se regresaron ellos a Alemania, me uní con Britta y su amiga para seguir viajando al sur de Italia. Eventualmente terminamos en Avignon, para un festival de música. Alli acampamos en los jardines de la Iglesia, pero a las 6am que nos bota de allí el cura. (Lla ve Madre que si fui' a la iglesia)? Luego, cuando nos separamos, quedamos de vernos con ella antes de regresarme.

Nos encarinñamos mucho con Britta y aún recuerdo la despedida que tuvimos en el tren en Avignon, Francia. Ella, con su cabellera rubia y larga y su sonrisa angelical, me despedía mientras el tren se alejaba; mientras los dos, yo desde adentro del tren colgando por la ventanilla y ella en la plataforma sacudiendo los brazos y tirándome besos, los dos llorábamos como pendejos… como de película.

Supe después que tuvo una ninña y concluí que podría ser mía, pero no la pude encontrar cuando la intenté buscar, porque se había mudado a Paris cuando pensó que yo la había botado. Sigo con el deseo de conocer esa ninña que, para estos tiempos, ya ha de ser Mamá.

Pero también me habían invitado unas danesas, una sueca, una alemana, dos de Noruega y otra de Berlin. Aún recuerdo sus nombres: Jette, Anna, Vipsy, Hanna, Marit, Ayla, Britta y otra Britta.

Decidí aprovechar mi viaje y me continué al norte de Europa y Escandinavia otra vez. Al final del verano ya se había vencido mi Eurail Pass. Mi amigo Karl y yo habíamos llegado viajando gratis de Portugal hasta Francia montados entre las valijas, sobre las cabezas de los viajeros en el tren. (Recientemente me informaron que mi gran amigo Karl Hiller acababa de morir de cáncer de fumador este anno en Berlin.) Fue una noticia triste para mí, porque Karl había sido como un hermano para mí.

Después decidí continuarme hacia el norte a visitar a mis novia amigas. Pero como ya se había vencido mi pase de tren, hice una mexicanada con la fecha de vencimiento del Eurail Pass. Llegué hasta Copenhagen, pero allí los de seguridad se dieron cuenta de que había falsificado la fecha de caducación del boleto y me botaron del tren. Así es que, de allí en adelante, viajaba de dedo, autostop, o sea, hitchhiking.

El cruce de Berlin hacia Alemania Occidental, o al revés, antes del anno 1988 era peligroso, porque se tenía que cruzar la ex comunista Alemania Oriental. Le llamaban DDR, República Alemania Democrática, que era una gran mentira, porque no tenía nada de democrática: era comunista.

Era un cruce de 2 horas 15 a 30 minutos, y antes de proceder por la frontera había una cartulina enorme que decía, en varios lenguajes: "Está usted cruzando a su propio riesgo", y luego indicaba el número de viajeros como yo que habían desaparecido en esa trayectoria, y eran varios. Pero aun así me aventé, por la aventura y la calentura. Hahahahha.

Dos años después, cuando volví a Alemania, tuve un susto atravesando esa área prohibida de Alemania comunista. Yo y unos amigos y amigas alemanes queríamos ir a una fiesta en Berlin ese fin de semana. Como para esos tiempos yo trabajaba para las fuerzas armadas de Estados Unidos como civil, tenía un carro Opel antigüito y decidí yo ser el que manejaba. Pero el carro tenía placas de U.S. Forces Europe y no me dejaban cruzar con mis amigos; por ser alemanes tenían que pasar por otra garita. Así es que los tuve que dejar en la frontera alemana para que ellos se continuaran a dedo, o sea, hitchhiking. Era un invierno frío de diciembre y de noche, además. Después me di cuenta de que, por fortuna, llegaron antes que yo.

A mí me mandaron al cruce del U.S. Checkpoint, donde la frontera se cruzaba con acuerdo de los Rusos, con un permiso especial que traía yo como empleado de Estados Unidos. El soldado Americano en la frontera me puso el sello de aprobación y me mandó con el soldado Ruso, pero no antes de sugerir que entrara al baño y me cortara el cabello largo y me afeitara la barba, ya que, según él, me parecía yo a Charles Manson (el asesino en serie de los años 70s). Cosa que le respondí yo que no iba a hacer eso, ya que era yo un civil y no un militar. Su explicación fue que no querían darles a los rusos una mala impresión con mi persona. Era la era hippy en Alemania, y así andábamos la juventud en esa época.

En fin, llegué al checkpoint del soldado ruso, que muy imponente me recibía mi permiso para continuar. Pero luego sonrió y me pidió hacer un cambio de un dólar por un billete ruso de 10 ruples. Le hice el saludo militar y me permitió entrar a Alemania Oriental.

Pero antes de proceder con el ruso, el soldado gringo me había asustado recordándome que mucha gente desaparecía en este trayecto de dos horas y media; que a los alemanes comunistas les gustaba secuestrar y torturar a visitantes extranjeros, sobre todo de Estados Unidos. Me dio una cartulina con una frase que decía: "Exijo hablar con un oficial ruso", en tres idiomas: en inglés, en alemán y en ruso. Me dio un briefing completo de lo que tenía yo que hacer en caso de que trataran de pararme. Me dieron instrucciones de que no me parara ni para mear. Sus instrucciones eran: si me querían parar, tenía que tratar de huir; segundo, no abrir la puerta ni la ventana; y tercero, mostrar esa cartulina donde pedía hablar con un oficial ruso, porque los rusos y americanos tenían un acuerdo de protección, y los alemanes comunistas sí respetaban a los rusos.

Pues allí voy yo, ya bien asustado, en una noche negra, atravesando esa zona comunista de los alemanes orientales. Ya no me aguantaba de ir al baño y tuve que parar unos minutos. No pasaba ningún carro y, en la noche negra y silenciosa, escuchaba el chorro del pipí que sonaba como una tormenta; además, mi corazón latía como el de un conejo asustado. Pues no pasó nada y llegué a tiempo a la fiesta de Berlin. Mis amigos ya habían llegado.

Ahora, para el regreso, dos días después decidí cruzar de día; "más seguro", pensé yo. Mismo procedimiento con los soldados gringos y rusos y penetré el área alemana comunista. Durante casi las dos horas y media de camino ya casi llegaba a la frontera amistosa de Alemania Occidental, como a 20 kilómetros, cuando de repente noté que había un retén en la carretera. Mi garganta hizo "gulp", con los tanates allí arriba.

Eran dos jeeps de cada lado, de la era de la Segunda Guerra Mundial, y soldados alemanes comunistas indicándome que me hiciera a un lado. Sentí el gaznate seco y amargo solo de pensar que me podían torturar o peor. De nuevo latía mi corazón como conejo paniqueado y comencé a bajar velocidad mientras pretendía que iba a pararme. Pero cuando se hicieron a un lado pensando que me estaba estacionando, que le meto toda la chancla al acelerador y como pude aceleré a todo lo que daba la carcanchá, que vibraba como si se fuera a desbaratar, mientras observaba por el espejo cómo brincaron a los jeep los soldados comunistas para darme fuga.

Yo ya llevaba inercia y, si no fuera que ya estaba próximo a unos cuantos kilómetros de la frontera, tal vez sí me hubieran alcanzado. Se dieron por vencidos cuando apareció la frontera y yo ya estaba llegando. Logré cruzar y hasta les menté la madre a todo volumen. No olvido esa emoción de adrenalina que sentía, ya que logré evadirlos. No volví a ir a Berlin por automóvil propio. Años después, en los años 90s, volaba allí como tripulante con Taesa Airlines a Berlin unificado. Cómo había cambiado y qué diferente se veía ahora. No era mentira que cientos de gente joven haciendo autostop por esa zona habían desaparecido para siempre.

Antes de que el muro de Berlin fuera derrumbado, también

se podía cruzar por unas horas del Berlin Occidental al Berlin de Alemania comunista. Se pagaba una cantidad y se otorgaba un permiso de un día para entrar por el Checkpoint Charlie, que los gringos controlaban. La verdad, era como si se transportara uno a 50 años atrás. Esa parte de la ciudad era triste y sombría, con edificios viejos sin pintar. Todos los vehículos, viejos y de origen o ruso o alemán oriental. La gente con caras pálidas de amargura y tristeza. Se sentía como si estuviera uno en un panteón de muertos vivientes. No era una buena experiencia.

En 1989 se derrumbaron los muros después de que la Unión Soviética se derrumbara también. Todos los comunistas alemanes que así lo deseaban podían mudarse al Occidente. Se vinieron manadas de alemanes a la Alemania Occidental queriendo hacer mejor vida, pero se llevaron mucha desilusión, porque su preparación y educación era muy atrasada comparada a los más avanzados alemanes del Occidente. También se trajeron su mentalidad comunista, de superioridad y racismo, y eso trajo mucha negatividad a Alemania. Ya no era agradable vivir en Alemania después de eso. Desafortunadamente, aumentó el número de seguidores neo-nazis y la violencia contra otros extranjeros aumentó.

Volviendo a 1982: para entonces ya había decidido quedarme más tiempo en Europa después de haber trabajado unos meses en Alemania con los padres de Karl, piscando uvas y haciendo el vino con los pies en los viñedos de los amigos alemanes. También trabajé algo como mesero y asistente de gimnasio.

En el invierno decidí volver otra vez a Escandinavia. Lo que pasó fue que me comencé a medio deprimir en Alemania.

Mis amigos y amigas ya comenzaban sus vidas después del verano y yo me la pasaba solo la mayor parte del tiempo. Las noches eran frías, grises y deprimentes. Recuerdo muy bien una noche que me encontraba solo en el apartamento de Moritzstrasse 47 en Wiesbaden (compartíamos el apartamento entre Karl, Volker Weisbrod, Ingo y Ralf). Estaba escuchando a Pink Floyd, "The Dark Side of the Moon", y de repente se me vino una depresión y melancolía que me hizo sentir muy solo y triste. No podía seguir con esta existencia fría y solitaria mucho más tiempo. Por eso decidí continuar viajando a Escandinavia, visitando a mis amigas nuevas que había hecho de mochilero en el verano en el sur de Europa.

Ya era invierno y yo continuaba a hacer hitchhiking, de mochilero, de dedo o autostop, caminando por la nieve en temperaturas de bajo cero. Algo como en la película "Into the Wild", pero en la nieve. Dirán que estúpido, ¿no? Pues sí y no: era mi sentido aventurero rebelde en busca de acción y emoción. Viajando me daba propósito y sentido de aventura, y de esta acción me daba satisfacción y emoción.

También andaba en busca de algo que no había tenido en la ninñez: el amor de una mujer. Y estas chicas, como Marit de Noruega, Annick de Madagascar, Sabine y Barbel de Alemania, Hanna la sueca y Michaela, mi ex, me dieron ese primer amor que no había sentido hasta ese momento. Recuerdo una noche fría saliendo de Copenhagen, después de haberme quedado tres días en casa de mis amigas danesas Vipsy y Jette Porsdal, para luego verme con la bella rubia Hanna Hildegard, la sueca, en un nido de amor de fin de semana. La mamá de Jette acordó en dejarnos libre su apartamento para vernos con Hanna. Así de "open mind" eran las escandinavas. Después de dejar Copenhagen llegué a la frontera con Suecia ya de noche, a medio invierno, con temperaturas bajo cero, mucha nieve y no había dónde pasar la noche. Así es que caminaba yo para arriba y abajo como soldadito para no helarme, mientras pedía raite frente al cruce de migración.

Mi confusión fue que, cuando llegué de raite a Dinamarca de Alemania, después de pasar varios días con Jette y Hanna en ese nido de amor, perdí la cuenta del tiempo. Pero en realidad era domingo en la tarde y, como aún era obscuro, supuse que eran las 6 de la mañana del lunes y pronto habría muchos camiones de carga cruzando hacia Suecia y Noruega. Como en domingo no circulaban los camiones de carga, había muy pocos vehículos ya a esa hora. Ahora estaba yo atrapado en esa noche fría y sin mucha posibilidad de que alguien me recogiera para darme raite. No dejaba de moverme, porque yo sabía que, si dejaba de caminar, me iba a helar como un helado o paleta. Así es que, bien abrigado como podía, seguía caminando para arriba y abajo.

Como una hora después se acercó un auto Citroën y bajó su ventana el chofer. Era un señor alto y rubio cincuentón que me preguntó a dónde me dirigía, y yo le dije que a Oslo, Noruega. Luego me preguntó si sabía manejar en la nieve, y le dije que sí; le mentí, porque si no, me largaba allí. Era mi primera vez viendo nieve caer y, claro, que nunca había manejado en la nieve. Luego me dijo que entrara al auto porque él se dirigía a Oslo, y también dijo que venía muy cansado y que si no me molestaba manejar. Yo estaba súper contento de entrar a un carro con calefacción y, aunque me cruzaron pensamientos negativos por la mente —por ejemplo, "¿y si es un violador y asesino de serie?"—, me convenía mejor arriesgarme en vez de helarme en esa noche fría. Al cabo que sabía yo defenderme bien.

Pero resultó ser un tipo súper buena onda, un profesor de universidad de Oslo que me trató con mucha confianza porque, después de tomar un café con sándwiches que él invitó en una gasolinera, me dejó manejar y él se durmió casi todo el camino. Yo me sentía tan feliz con un simple café caliente en mi mano y un sándwich en la otra, además de ir viajando en un vehículo con calorcito que me salvó de morir helado. Agradecía al Todopoderoso por mandarme ese carro esa noche fría. Pues no sé cómo le hice, pero iba patinando y derrapándome en el carro casi todo el camino, y llegamos con vida a Oslo. Al final me dijo el señor noruego que le di lástima al verme temblando de frío, ya que él tenía un hijo de mi edad y no se podía imaginar ver a su hijo en una situación así.

Llegué a la casa de Marit, a un pueblo a dos horas de Oslo. Tuve que caminar 7 kilómetros a su poblado de 12 casas, que, por cierto, la gente se me quedaba viendo como si fuera yo de otro planeta. Hasta unos caballos que venían del lado opuesto con jinetes jóvenes se pararon y relinchaban de miedo al verme. Nunca habían visto un tipo como yo, con la cabellera larga, china y obscura, y con un mochilón y guitarra en la espalda. Tuve que bajarme del camino para que los caballos accedieran a pasar. Caminé sobre un camino en la nieve con un cielo azul hermoso y hasta lo disfruté. Finalmente llegué y ella y su familia me estaban esperando. Todos se alegraron al verme, menos su papá, que no se veía muy contento cuando me conoció como latino, pero su mamá me trató súper bien y me quedé casi una semana en su casa.

Eventualmente trabajé en el Youth Hostel de Oslo unos meses, y nos veíamos con Marit cuando ella venía a verme. Lo que pasó fue que, cuando estuve en su casa esa semana, pasó que nos enamoramos. Fue mi primera vez sintiendo lo que pensé yo que era verdadero amor por una mujer, y para ella también fue su primera vez. Estábamos mutuamente y estúpidamente enamorados, y el día que ella me dijo que me amaba se me botaron las lágrimas, porque nadie en mi vida me había dicho eso antes. Ese anno Marit había perdido a su hermano gemelo en un accidente de moto, y su mamá y ella aún estaban sufriendo su ausencia. Parece que mi presencia de carácter cálido les trajo algo de alegría y esperanza, cosa que en nuestra cultura latina nos viene natural.

Al principio ocultamos nuestros sentimientos, pero su padre se dio cuenta: era muy obvio por la manera en que nos veíamos y hablábamos. Fue como un sueño de amor: enamorarse en una casita en el bosque, en medio de la nieve. Después que me fui de su casa, su papá le prohibió que me siguiera viendo. Ah, y me echó de la casa en pleno invierno, cuando casi nos agarra infraganti en el sótano, en pleno agasaje. Según él, los latinos éramos borrachos, huevones y golpeábamos a las mujeres. La ignorancia del pobre hombre.

Una amiga de Marit me dio alojamiento unos días y después me fui al albergue juvenil de Oslo. Ya casi no tenía dinero, pero en el albergue juvenil de Oslo me daban techo y desayuno gratis mientras trabajaba en la cocina dos a tres horas diarias. Para eso, yo y mi nuevo amigo, el austriaco

Rudiger, nos íbamos al centro de Oslo a tocar guitarra en el metro (subway), porque afuera era muy frío para los dedos. Nos llenaban la gorra de monedas y nos alcanzaba para una buena cena y varias cervezas. Allí conocí también a mis buenos amigos Carlos y Odette, de Mexicali. Y en ese albergue Youth Hostel de Oslo, todos juntos —Rudiger, Karl, mi amigo de Alemania, Carlos y Odette y un canadiense— celebramos el anno nuevo, resbalándonos por la nieve en charolas de la cocina desde el cerro del albergue, tomando ponche caliente que Odette había preparado con brandy. Qué anno nuevo tan feliz pasamos ese anno.

Entrando enero, ya no era posible quedarme en el albergue y tuve que regresar a Alemania. Mi novia Marit insistió que no me fuera de autostop y me compró ella el boleto por barco transbordador a Copenhagen. Incluso me hizo varios sándwiches para el camino. De verdad que lindas eran las noruegas.

Había caído una nevada fuerte en Copenhagen y, después de llegar al puerto, me dirigí a la estación de trenes. Decidí esperarme allí a que pasara la nevada antes de proceder de autostop a Alemania. Para eso, una de mis novia amigas, Hanna la rubia sueca que me había invitado a quedarme en su depa de Copenhagen, ya no estaba porque llegué dos días tarde. Cuando fui a buscarla, pensando que tendría dónde pasar la noche allí, estaba su amiga, que por suerte me dejó dormir en el sillón de la sala; y fue mejor así, porque ahora estaba yo aún enamorado de Marit.

Así es que regresé por otro día a la estación para matar

tiempo mientras pasaba la nevada. Para ahora ya había gastado mis ahorros y, cuando comencé a contar lo que me quedaba, me di cuenta de que ya me quedaban solo monedas y no me alcanzaba para un desayuno. Mi guitarra estaba quebrada después de que me di un resbalón en la nieve en Oslo, y esta vez sí la quebré bien, así es que hacer música para sacar qué comer estaba fuera del plan. Me alcanzaron las últimas monedas para un café y, mientras meditaba en el café de la estación sobre mi situación, las tripas se me retorcían de hambre.

Luego un señor se arrimó a mi mesa y me preguntó en inglés si podía sentarse allí a platicar. Al principio pensé que era algún perverso, pero no me sentí en peligro y decidí escucharlo. Me dijo que me observó y que me veía preocupado y con hambre, y que él estaba dispuesto a invitarme el desayuno. Me dio un billete de 50 krones de esos tiempos y me dijo que pidiera lo que quisiera. Después no me aceptó el vuelto; me dijo que me lo quedara. Fue el desayuno más sabroso que había probado en varios días. De nuevo, un ángel de mi guardia que me cuidaba me llevó ese señor, que resultó ser un padre preocupado, ya que él y su hijo de mi edad no se hablaban y él se preocupaba por él cuando me vio a mí.

A mediodía salió el solecito y me decidí caminar a la entrada de la autopista que daba hacia el sur, y de nuevo mi dedo mágico gordo me llevó hasta Alemania en menos de un día.

Llegué a Alemania de nuevo, donde me quedé a trabajar unos meses más. Con Marit nos continuamos a ver casi un anno más en Alemania y en California. No pudo convencer a su papá que la dejara hacer universidad en San Diego, y el viejo, a propósito, la mandó a Portland, Oregon, con unos parientes. Pero no contaban con mi astucia y la fui a visitar, pero en mi moto Kawasaki 650 (conduje por el famoso Highway 101, que es por la costa panorámica de California; es uno de los paisajes más hermosos de California). Que, por cierto, me helé las pelotas, ya que era un octubre de invierno frío en el norte de California. Alcancé a llegar de noche a Santa Cruz, pero bien congelado. Casi no me podía bajar de la moto de lo tieso de frío que me sentía de las piernas. Lo bueno que pude llegar a la casa de mi amiga Carol y me pude descongelar en su tina de baño. Al día siguiente tuve que dejar la moto en un estacionamiento de los buses Greyhound y continué el resto del camino en autobús.

Eventualmente, después de un anno, pasó lo que iba a pasar. Como dice el dicho: amor de lejos, gusto de pendejos. Sí me dolió un chingo, pero ya me esperaba que eso iba a suceder tarde o temprano. Ella le hizo caso a su padre y me botó por un gringo noruego, que al final él la botó a ella por otra (pero de esto no me di cuenta hasta más de 30 años más tarde), cuando ella me encontró en Facebook. Fue así que, platicando, me di cuenta por qué me había dejado. Me di cuenta de la que me salvé, porque seguro que yo la hubiera botado por otra. Así es la vida. Eso era de esperar, porque el karma nunca falla y eso es la ley de la vida.

Para eso, cuando volví a California en abril de 1983, me di cuenta de que había perdido mis pertenencias y mi querido Mustang 69 convertible. Esa historia fue muy amarga, ya que ese carro había sido uno de mis sueños hechos realidad. Yo había dejado el carro con mis pocas y únicas pertenencias adentro, tapado y guardado en el Savon Auto Storage que existía sobre Main St en Chula Vista. El dueño ratero, un tipo de nombre italiano, falsificó datos de mi carro para que el departamento de vehículos DMV le diera derecho a quedarse con el carro mientras yo estaba en Europa (con la excusa de que yo no había pagado la renta y que había abandonado el carro allí). El tipo se deshizo de mis pertenencias y se quedó con mi Mustang 1969 convertible. (Después le hice juicio y me pagó una cantidad por el carro, pero no recuperé nada de mis pertenencias.) El abogado que contraté me terminó traicionando y tomó el lado del abogado del viejo ratero. Malditos abogados deshonestos.

Así es que tuve que comenzar otra vez desde cero. Mientras tanto me instalé con mi hermano Joe por unas semanas mientras conseguía empleo. Luego me mudé con unos buenos amigos, Gogi y Charlie, hermanos de Puerto Rico. Su mamá Lucy me adoptó a vivir con ellos en Chula Vista. Después nos cambiamos a vivir con Charly (mi amigo Charly fue encontrado muerto de más de una semana en su apartamento de Houston el anno pasado) en Ocean Beach de San Diego, a media cuadra de la playa. Trabajaba toda la noche en Standards Brands Paints y de día me iba directo al Southwestern College o a surfear tempranito, y luego a dormir todo el día.

No me podía concentrar en la universidad, y al anno me llegó el gusanito por viajar otra vez. Así es que vendí mi moto y terminé regresando vía Amsterdam, esta vez con mi nueva amiga del alma Ingrid, de Hilversum. Decidí alejarme de Ocean Beach ese anno porque me di cuenta de que casi todos mis amigos y amigas estaban, de una manera o otra, haciendo drogas. Ingrid y yo éramos los únicos que no hacíamos drogas. Yo no quería terminar así y por eso decidí alejarme de ellos yéndome a viajar a Europa de mochilero otra vez.

Ese segundo viaje fue más aventurero, ya que me adentré al norte de Africa.

MARRUECOS

Como estaba limitado a gastar poco para extender mi estancia viajando, decidí irme a Marruecos porque había escuchado que era baratísimo y había muy buenas olas para surfear. Después de pasar una semana en la casa de mi amiga Ingrid en Hilversum, estiré mi dedo gordo mágico y comencé a pedir ride hacia el sur. Pero primero llegué a Mainz, donde mis amigos alemanes vivían. Me quedé solo unos días, ya que se aproximaba el invierno y no me quería gastar mis ahorros en un lugar caro y frío.

Tomé el transbordador a Tánger, Marruecos, después de atravesar toda Europa de dedo hasta el sur de España. Creo que tardé dos días. En los años 80, era muy fácil y seguro viajar a autostop. Yo sabía defenderme, así que no tenía miedo. Aunque todo el mundo me había comentado que en Marruecos era peligroso viajar de dedo, y sobre todo solo, yo aún así decidí intentarlo.

Por suerte, al bajar al puerto de Tánger comencé a extender mi dedo mágico para pedir ride, pero solo con autos de placas europeas. Se detuvo una camioneta azul tipo van. Eran unos tipos surfistas franceses que había observado en el barco transbordador. Me preguntaron a dónde iba, y les dije que al sur. Les había hecho saber que yo también surfeaba.

Me dijeron que subiera, y como compañeros surfistas nos hicimos amigos. Eran cuatro tipos estudiantes de deporte, todos muy amables, y yo con mi francés mocho se morían de la risa.

Me invitaron a viajar con ellos y, por suerte, traían con ellos varias tablas de surf y unos wetsuits. Condujimos por todos los pueblos y sitios de buenas olas, ellos hacían más windsurf que nada. Pero cuando las olas estaban grandecitas, no le entraban. Por eso, cuando llegamos al norte de Agadir, a un pueblo popular de olas fuertes llamado "Taghazout", el punto de surf conocido como Anchor Point, se quedaron observando nada más. Yo me armé de valor y salí a intentar surfear el famoso punto de surf, Anchor Point de Taghazout. Con una de sus tablas amarillas y solo un wetsuit para el verano, que no era lo suficientemente grueso para esas temperaturas del Atlántico de 13 a 14 grados C.

Logré aguantar apenas 40 minutos hasta los primeros indicios de hipotermia. Pero aguanté unas cuantas olitas, pesadas y rápidas. En una de ellas, que me revienta la ola en la cabeza y casi me estrella contra las piedras, pero resulté ileso y salí temblando de frío. Pero qué satisfacción sentía, solo lo puedo comparar a un orgasmo espiritual con una chica hermosa. Marruecos fue una experiencia súper chingona. Parecía que retrocedíamos en el tiempo cuando entrábamos a pueblos o aldeas donde vivían como en los tiempos de las pre-conquistas. No había muchos carros y solo viajaban en burro o en camello. Las chicas locales tapadas hasta la cabeza, pero coquetas. Hoy en día andan en jeans y camiseta de manga corta.

Atravésamos todas las ciudades importantes, desde Casablanca, Marrakech, Rabat, Safi, Agadir, hasta Sidi Ifni y luego Tarfaya. De allí nos continuamos hacia Laayoune, que era hacia el área prohibida como parte del Sahara Español, que en esos tiempos era zona de conflicto con Mauritania. (Ahora se le llama a esa zona el Sahara Francés).

Había alambrado y la carretera pavimentada terminaba allí, diciendo en francés, inglés y en español que era zona "War Territory" con Mauritania, y que no se recomendaba la entrada. Había solo un camino de terracería y aún así decidimos entrar a explorar.

Era increíble admirar la belleza del Sahara Español del lado izquierdo, y el océano Atlántico del lado derecho. Viéndolo mientras íbamos al sur. Pues decidimos adentrarnos a nuestro propio riesgo, a buscar más olas y aventuras.

En ese camino nos encontramos solo una camioneta que venía algo rápido del lado opuesto. Al acercarse hacia nosotros, se disparó una piedrita que atropelló la camioneta, y nos reventó el parabrisas delantero en pedacitos. Por suerte, traíamos puestos las gafas de sol, porque nos clavó pedacitos de vidrio por la cara y los brazos a los que íbamos sentados al frente.

Capítulo 3

En El Sahara Espannol

Esta experiencia en el desierto la puedo describir casi como el gran escritor y aviador Antoine de Saint-Exupéry la describe en su libro Wind, Sand and Stars (Viento, Arena y Estrellas), en su experiencia donde casi pierde la vida muriéndose de sed en el desierto del Sahara. Describe la paz y hermosura del desierto, aun cuando sabía que moriría en unas horas. Pero fue rescatado eventualmente.

Claro que la belleza se puede presenciar mejor si uno está en plena vida. Era un contraste tan hermoso a la salida y puesta del sol, sobre todo en las noches se disfrutaba más, aun así con el frío intenso que hacía. Pero hacíamos fogatas y teníamos vino y guitarras. En la mañana, qué hermosura era ver salir el sol sobre el Sahara, sentir el calor de sus rayos sobre el cuerpo era sentir la vida en pleno éxtasis.

Pero también hubo momentos de peligro, ya que en este país existe mucha ambición en quitarle, engañar y espantar al extranjero como se pueda. No digo que aún sea así, pero en los años 80 sí era así. Mis compañeros surfistas querían probar el famoso hashish que se origina en Marruecos, y cuando entramos a una de las ciudades, nos dirigimos a un bazar donde se encuentra de todo. No faltaron invitaciones de tipos locales invitándonos a tomar té en uno de los puestos. En Marruecos toman mucho té de menta con muchas hojas de menta y mucha azúcar. Fue allí que les ofrecieron, según ellos, el mejor hashish.

Yo la verdad quería alejarme del grupo para evitar problemas, pero en realidad estaba más seguro viajando en grupo que yo solo. Aunque yo parecía local por el cabello largo rizado y piel bronceada, me dejaban en paz normalmente. Pero eso no los detuvo de robarme mis botas nuevas que había comprado en Holanda. Sucedió mientras surfeaba cerca de una aldea.

Así es que entramos a un cafecito con dos de mis compañeros, mientras los otros dos se quedaron en la camioneta. Uno de los marroquíes les presentó a los franceses un trozo de hashish que parecía ser de buena calidad. Llegaron a un trato de 100 francos franceses, una camiseta y sus zapatos tenis. Quedaron que ellos se los traían a la camioneta en unos minutos. Regresamos a la camioneta, pero los otros dos franceses, que eran los más grandulones y musculosos, no estaban allí. En eso llegó el marroquí que hizo el trato, pero llegó acompañado de dos negros marroquíes grandulones. Esta vez se veía medio nervioso e inseguro.

Cuando le presentó al francés el trozo de hashish, era claro que no era la misma cosa; era de un color pálido y más pequeño. El francés le dijo a su cara que eso no era lo que habían tratado. El marroquí alegó enojado que sí era el mismo hashish.

Allí se me ocurrió a mí, en buen plan, aclarar el asunto. Saqué mi llavero, que era una mini escala de una balanza, y le dije al francés que con esto lo podíamos pesar para confirmar si eran los 100 gramos. Le puse una moneda de 100 gramos y mostraba exacto los 100 gramos, luego le colgué el pedazo pálido de hashish y eran solo 50 gramos.

Enfurecido, el marroquí me tumbó el llavero de la mano.

El tipo se alteró y levantó la voz, al mismo tiempo que sus acompañantes se estiraron los brazos para que viéramos que traían dagas. Lo bueno fue que en ese preciso momento llegaron los dos franceses grandulones, amigos nuestros. Se pararon al lado de la puerta de la camioneta y dijeron: "¿Il y a un problème?" (¿Hay un problema?). Y al ver que éramos cinco contra tres, le bajaron los ánimos. Se calmaron los árabes y acordaron un pago de 50 francos y los tenis, y se fueron.

Pero estaban en la esquina hablando con otros tipos, y yo, sabiendo que son muy propensos a la traición, les sugerí a mis amigos que nos fuéramos de allí inmediatamente, ya que era muy común que ellos te entregaran a la policía después de venderte algo, para sacar doble ganancia en el asunto. Así es que nos arrancamos en friega del área.

Pero también hubo muchos más momentos agradables. Por ejemplo, en un pueblo chico, cuando un señor ya de edad avanzada se nos aproximó. Nos ofreció comer en su casa el mejor couscous cocinado por su esposa. Acordamos un precio y nos hizo pasar a su casa, donde nos presentó a su familia.

Había como media docena de niños de todas las edades. Su mujer se metió a la cocina mientras tomábamos té en la sala y él fumaba su pipa o shisha. En unos minutos prepararon una mesa grande y pusieron una charola enorme llena de couscous con muchos vegetales y carne de cabra. Era lo más delicioso que habíamos probado en mucho tiempo. Se comía con las manos porque no se usaban cucharas o tenedores.

La comunicación con ellos era fácil porque su segundo lenguaje era francés, y algunos más mayores hablaban español, lo que les quedó durante la ocupación española hace años. Después de la experiencia con los marroquíes de la ciudad, andaban mis amigos los franceses con más discreción y solo fumaban en la playa. Yo no fumaba, y en vez, cuando ellos se las tronaban, yo surfeaba. Recuerdo la noche fría que pasamos en Marrakech.

Casablanca y Marrakech fueron mis ciudades favoritas en Marruecos. Eran bellas ciudades históricas antiguas con mucha historia. La diferencia es que Marrakech es mucho más fría que Casablanca, con temperaturas bajo cero por ser elevación alta.

No teníamos dinero y no aceptaban cheques viajeros, y como era Año Nuevo queríamos celebrar con una botella de champaña y un pastel al estilo francés. Uno de los chicos franceses sacó su reloj y, en un imbiss o tiendita, lo ofreció a cambio de una botella de champaña y un pastel. Y en el frío de la noche, mientras estacionados sobre un cerrito mirando hacia la ciudad, celebramos hasta la medianoche el Año Nuevo 1984/85. Luego nos acomodamos a dormir como sardinas en lata, todos en su saco de dormir y acurrucados en hilera dentro de la camioneta.

Ese fue el Año Nuevo, pero la Navidad la pasé de una manera inolvidable. Fue mi renacimiento. Era el 24 de diciembre de 1984 y estábamos en la zona conflictiva de Mauritania, en el Sahara español, en una playa hermosa y enorme. Pero como habíamos llegado casi de noche, no habíamos visto cómo estaban las olas.

La única otra vida humana que había en esa zona eran los pescadores, que también se adentraban a esa zona para pescar con redes, ya que el oleaje grande no los dejaba salir en lancha. Eran gente simple y humilde, y de los que sí podías confiar. No como los de las ciudades. Esa noche mis amigos franceses se pusieron motos después de cenar, fumar y tomar vino. Pero yo estaba cargado de energía y quería que comiéramos pescado. Así es que les dije que iba a caminar a las cabañitas de los pescadores a ver si podían cambiarnos un pescado por algo que yo traía, ya que les gustaban camisetas con marcas.

Seguí las pocas luces que emitían por su ventana de sus cabañitas de ladrillo y caminé un kilómetro más o menos. Al tocar la puerta, abrieron y todos con una sonrisa me decían, "Bienvenue, mon frère" (Bienvenido, mi hermano). Sabía que no eran caníbales y acepté su invitación. Estaban sentados en círculo alrededor de un fuego y en una olla cocinaban algo. Sentí que no había peligro y entré. Luego me ofrecieron vino y pan. Les pregunté si tenían algún pescado a cambio de algo mío.

Me dijeron que las redes estaban en el mar y en unos minutos saldríamos a sacarlas y veríamos si salía algo para mí. Pero primero íbamos a comer su sopa de pescado y vegetales con pan baguette, beber vino y pasar la pipa de la paz. Ya se han de imaginar qué pipa era; yo no podía negarme y acepté todo con amabilidad. Me hice tonto con la pipa porque, aunque me gustaba el sabor dulce mezclado con tabaco, no me gustaba sentirme drogado. Así es que pretendía que fumaba pero no lo inhalaba. Ya sé que están pensando, pero sucedió así como lo cuento.

Al final de compartir el pan con vino y sopa, me sentí como Cristo y sus apóstoles. Agradecí de verdad por hacer esta experiencia con estos seres sencillos y humildes que me ofrecían lo poco que tenían.

Después de comer, dijeron que ahora sí íbamos todos a sacar las redes del mar. Todos se comenzaron a quitar los pantalones y yo hice lo mismo para no mojarlos. Y así, en boxers, entramos al agua helada hasta la cintura para comenzar a jalar las redes de pescar hacia la arena. Eran 7 redes que tardamos casi una hora en sacar.

Lo extraño fue que había un solo pescado, y era un tiburón chiquito. Así es que lo regresaron al mar y dijeron, "Perdón, mi hermano, pero no hubo pescados esta noche." No hallaba cómo darles las gracias por haberme considerado como su hermano y haber compartido la Navidad que para mí era importante, aunque para ellos era un día común. Nos despedimos y comencé a caminar por la playa oscura, ya que eran casi las doce de la noche.

Me sentía energizado y con una felicidad que es difícil explicar, por la experiencia tan hermosa que había hecho con los pescadores. Para regresar al campamento, me guiaba por el brillo de las estrellas y el oleaje. Me sentía exaltado y me di cuenta de que esta experiencia de Navidad había sido la más hermosa de mi vida. Agradecí al Todopoderoso por la vida y las experiencias que me había brindado. Poco sabía que al día siguiente, este ser Todopoderoso me iba a salvar la vida.

Llegué a nuestro campamento de mis amigos y ya estaban todos dormidos. Seguro, pedos y motos.

En la mañana me desperté con el ruido de las olas, y por primera vez pude ver que estábamos frente a una zona de muy buenas olas, algo grande, y con fuerza de dos a tres metros de altura. Decidí entrarle porque me sentía aún exaltado de la noche de Navidad. Les pregunté a los franceses quién iba a entrar a surfear conmigo. Su respuesta fue, "Non, non Henri, son muy grandes." Yo de mamón les respondí: "Okay, French pussies", y se rieron.

Entré solo con el medio wetsuit de 2 mm que no cubría todo el brazo completo y solo hasta las rodillas. Por la emoción que traía, no me tomé tiempo a observar la corriente y la condición de las olas.

Quería agarrar más olas en poco tiempo antes de helarme de hipotermia, así es que remé y remé mucho para salir a los sets más grandes. Dentro de poco comenzaba a temblar de frío y eso causó que me cayera bajando una ola de buen tamaño. Me reventó en la cabeza y me sambutió profundo. Cuando salí por aire, me cayó otro set más grande que el anterior sobre la cabeza.

Esta vez no me dejaba salir, y mientras me rotaba debajo de la ola como si estuviera adentro de una lavadora, me comencé a desesperar por aire y comencé a nadar con desesperación, pero nadé al revés, hacia abajo. Y cuando toqué arena, me di cuenta de mi error y me comencé a asustar de la posibilidad de que me podía ahogar.

Se dice que uno ve una película de su vida antes de morir.

Para mí, el miedo de que mis padres jamás supieran cómo morí o dónde morí fue lo que me asustaba. Ya que andaba yo de malos términos con ellos y no les había hablado ni informado de mi vida en casi dos años, como rebeldía y venganza. Pues ese miedo me ayudó a calmarme un poco.

Lo curioso fue que me pregunté, "¿Qué haría Kalimán, el Hombre Increíble, en una situación así?" Me había escuchado todas las historias de Kalimán por la radio desde la niñez, y lo primero que se me vino a la mente fue: "Serenidad y paciencia, mi pequeño Solín, la mente lo domina todo." Esa frase me ayudó a calmarme y, de esa manera, pude aguantar unos segundos más mientras pasaba la energía de las olas reventando encima.

Luego observé con calma las burbujas que soltaba hacia arriba y la posición de las olas, y decidí salir a respirar. ¡Qué rico era poder respirar oxígeno otra vez! Me sentía con vida de nuevo. Se me hizo extraño que esta vez no había oleaje. Era obvio que todavía no me había salvado.

Ahora estaba yo en un predicamento más serio. Me di cuenta de que el "leash" (cordón atado de mi pierna a mi tabla) se había reventado, era un leash viejo y seco. Allí me entró la realización de que mi tabla ya no estaba a mi lado y me las iba a ver difícil de regresar a la playa.

Comencé a tratar de nadar hacia las olas para que me metieran a la arena. Pero no podía nadar, tenía hipotermia y mis brazos se sentían como dos hilos que no respondían a mis órdenes de nadar. Ya no había oleaje porque la corriente me había arrastrado hacia el mar abierto. Atrás de las olas ya no podía entrar porque la corriente me sacaba cada vez más.

Normalmente, hay que nadar a un ángulo de 30 a 45 grados de la corriente, no en contra, para poder salirse de ella.

Pero mis brazos no cooperaban. Estaba temblando y sentía que en cualquier momento me iba a hundir y ahogar. Comencé a patear con los pies mientras flotaba sobre mis espaldas para sobrevivir más fácil. Así podía durar un poco más.

En fin, acepté que me iba a llevar la calaca (o sea, que me iba a cargar la chingada o, bien dicho, que me iba a morir). Ya sea que me ahogaba, o me comía un tiburón blanco, que abundan en el Atlántico helado.

Traté de levantar el brazo para pedir ayuda a mis compañeros, pero no me podían ver porque estaba ya atrás del oleaje. Esta vez, ni las palabras sabias de Kalimán, el Hombre Increíble, me iban a salvar.

Es cuando me acordé que había un Dios Todopoderoso. Comencé a gritarle en voz alta: "¡Dios mío, si de veras existes, échame la mano, ¿no? Y te juro que me portaré bien y llamaré a mis padres!"

Seguí flotando de espaldas y pateando como podía para evitar salir más al mar abierto. Me entró una paz interna, aceptando que me iba a llevar la calaca. Ya no sentía miedo ni desesperación, sabía que era mi gran final y lo acepté. Pero, de repente, vi una cosa amarilla aproximarse. Era mi tabla de surf que venía hacia mí.

La abracé y besé, y me subí acostado sobre ella. Me recuerda a la película, años después, donde Tom Hanks, en la isla abandonada, abraza y besa su pelota "Wilson". Pues ese era yo ahora. Con las pocas fuerzas que me quedaban, logré remar y patear al oleaje para que me empujaran las olas hacia la playa. Ya en la playa, me hinqué y besé la arena. Me sentía exaltado de felicidad de seguir con vida y sentí que había renacido ese diciembre de 1984.

Mis amigos no se habían dado cuenta de mi situación y pensaron que los estaba saludando cuando me vieron elevar el brazo. Lo bueno es que cuando mi tabla amarilla se acercó a la playa, ellos no la vieron y no la pudieron recoger. Y de esa manera, la misma corriente que me arrastró al mar, se llevó mi tabla y me la trajo al mar abierto. De lo contrario, si me hubiese ahogado, hubiera sido mucho peor.

En ese momento creí que sí era un milagro. Muy probable que si lo fuera, seguramente los rezos de mi madre tuvieron algo que ver también. Pero también se explica por qué la corriente me favoreció trayéndome mi tabla hacia mí. La misma corriente que me iba a quitar la vida, me salvó la vida.

Lo seguro es que si hubiera desaparecido en el mar, mis amigos franceses, por miedo de ser interrogados por la policía y culpados de mi desaparición, hubieran quemado mis pertenencias y se hubieran alejado de allí sin decir nada. Lo guardarían como un secreto hasta sus tumbas. Y los comprendo. De lo contrario, les hubieran cargado el muertito a ellos.

Gracias, Diosito, si traté de portarme bien y hice contacto con mis padres, cosa que fue lo que más necesité saber: que estaban bien después del temblor de 1985, unos meses más tarde. Regresamos a España y los "Frenchies" me dejaron en la salida de Barcelona, en el invierno más frío de los últimos 50 años. Temperaturas bajo cero y varias pulgadas de nieve hasta en la ciudad de Barcelona, y yo no traía chamarra para la nieve ni zapatos adecuados tampoco. Recuerdan que comenté que en Marruecos me robaron mis botas nuevas de Holanda mientras surfeaba en la playa. Pues en Marruecos me tuve que comprar unos "babooshes", que son chanclas de piel con suela de llanta de carro. Ideales para la playa, pero muy resbalosos y fríos en la nieve. Aunque usé todos los calcetines que cargaba, me daba frío en los pies.

Terminé resbalándome en la nieve y caí sobre mi guitarra, dejándola media reventada y con el cuello despegado. Aún en el estuche, parecía como un pato muerto con el cuello colgando. Después la reparé como pude y la seguía tocando. (Me sirvió arreglarla porque después tocábamos en las calles de Wiesbaden y Oslo con unos amigos para generar ingreso y extender mi estancia.)

Me puse todas mis camisetas y suéteres que traía, también doble pantalón, y les pedí a mis amigos franceses que me dejaran en un imbiss (kiosco) cerca de la caseta de la autopista al norte de Barcelona. Esta nevada era muy pesada y hasta la ciudad de Barcelona estaba cubierta de nieve.

Allí escribí en un pedazo de cartón que quería ir a Limoges porque allí estaba mi hermano Joe con unas amistades. A la mañana siguiente llegué medio dormido a una estación de tren cerca de Limoges. Sobre una banca, me dormí unas horas hasta que me levantó el que hacía la limpieza. Al despertar con una sed inmensa, entré al café de la estación y pedí un vaso de agua. El asistente, mamón francés, me negó un vaso de agua con una sonrisa burlona... Dije yo, "Qué cruel es el pinche mundo, nunca me habían negado un vaso de agua." Era obvio que actuó así porque asumió que era yo árabe, de Argelia o Marruecos. Tuve que tomar agua de la llave del baño, pero le menté la madre en español al salir.

Solo en Alemania una vez tuve experiencia de racismo, en Francia dos veces, cuando la policía me veía con mi mochila, me paraban a molestarme. Pero me dejaban en paz cuando comprobaban que no era árabe. Qué triste situación es el racismo. Es solamente ignorancia y soberbia.

Capítulo 4

Mi vida en Alemania

Eventualmente volví a Alemania y esta vez me quedé dos años más. Allí conocí a Michi (Michaela) en un carnaval de Fastnacht. Fue atracción a primera vista: yo, bronceado y exótico, con cabello chino hasta los hombros; y ella, rubia, bonita, con su figurita deportiva y su sonrisa cosmopolita. Pero no hablaba ni papa de inglés y yo casi cero de alemán.

Fue así que tuvimos un hijo. Esta alemana se enamoró de mí al punto de preguntarme si quería tener un hijo con ella. (Después de seis meses de relación.) Yo tenía 24 y ella apenas 20, y nos comunicábamos casi telepáticamente. Fue así que malentendí la pregunta.

Ella me preguntó: "Möchtest du ein Baby mit mir haben?" —o sea— "¿Te gustaría tener un bebé conmigo?" Y yo le entendí: "¿Te gustan los bebés?" y respondí que sí. Dejó de tomarse la píldora anticonceptiva y, a los pocos meses, me da la noticia: "Ich Gratuliere, du wirst Papa." (Felicidades, vas a ser papá.)

Se me hizo un nudo en la garganta y me atraganté de saliva. No sabía cómo tomar esas noticias. Al principio me asusté porque ahora mis planes de trotar el mundo estaban siendo interrumpidos. Sabía que no tenía el valor para abandonarla y, más bien, mi instinto de ser un padre responsable me llevó a la decisión correcta: hacerme responsable de la situación. Pero no hallaba cómo explicarle que malentendí la pregunta.

Mejor me quedé callado y decidí tomar al toro por los cuernos.

Nació un bello bebé a los nueve meses. Fue' el día mas feliz de mi vida, y le llamamos Enriko. Ya vivíamos juntos y, pues sí, estábamos enamorados y en una relación seria. Michi fue una persona importante en mi vida: ella me dio ese amor maternal que nunca tuve en mi infancia. Además, me ayudó a desarrollar mi amor propio. Aun con sus traumas y dramas telenovelescos, era un ser muy lindo y espiritual.

Vivimos dos años en Alemania mientras yo trabajaba de mesero y luego de **gymnasium attendant** en el Officer's Club de pilotos. Después me contrataron como asistente de contaduría en Mainz-Kastel, que era una de las bases de las fuerzas armadas cerca de Frankfurt y Wiesbaden. Al mismo tiempo, atendía a clases de noche para aprender bien el alemán.

Ya que nació mi niño Enriko, regresamos al poco tiempo a San Diego, California, todos juntos. Eventualmente nos casamos por el civil y vivimos en Ocean Beach, San Diego, California. Lo nuestro duró solo cuatro años más. Fue doloroso verlos partir cuando nos separamos, pero no había de otra.

Ella nunca se adaptó a la vida californiana. Le gustaba más estar en México, pero desde el principio no se llevaba bien con mi madre. Todo comenzó cuando mi madre sugirió —más bien, nos ordenó— que durmiéramos separados en su casa porque no estábamos casados por su iglesia. Luego, cuando Micha le dijo a mi madre que era protestante, estalló la bomba.

—¿Qué? —dijo mi madre—. Pero tienes que hacerte católica o no vas a entrar al cielo.

Micha le contestó que también los protestantes entraban al cielo. Ese fue el inicio de la guerra para mi madre.

Cuando recién llegamos a San Diego y salíamos a desayunar, Micha se ponía celosa cuando la mesera, muy amable, nos saludaba. Se paraba de repente y me preguntaba si la conocía; luego hacía un berrinche para que nos fuéramos de allí. Hasta en una ocasión me acusó de haber dormido con la mesera. A mí se me hizo tan ridícula su acusación que comencé a reírme, y por eso ella asumió que sí había dormido con esa mesera.

Pobre… Sus inseguridades causaban sus dramas. Llegó al punto de faltarme el respeto dándome una cachetada por sus celos. (Sus celos y traumas tenían origen desde su niñez. Su padre, que había sido parte de la Hitlerjugend —los chicos de Hitler— al final de la guerra, fue capturado en Rusia y encarcelado por dos años en Siberia cuando tenía solo 16 años. Tuvo que comer la piel de sus zapatos para no morirse de hambre. Después, cuando regresó a Alemania, se casó con su madre y tuvieron a Micha y a su hermana. Pero el exsuegro —a quien nunca conocí— era todo un casanova, y Micha solía toparlo en la calle con otro niño de la mano. Por ese trauma, pensó que yo le iba a resultar igual que su padre.)

La cachetada ocurrió en plena calle, en Puerto Escondido, mientras hacíamos una gira por toda la costa. Fue por celos, porque pensaba que yo coqueteaba al saludar a las mujeres.

Después intentó el drama del cuchillo: apuntándolo hacia mí y luego amenazando con cortarse las venas, diciendo que yo iba a ser culpable por dejarla hacerlo. Esa vez me atreví a decirle que lo hiciera, pero que nada más limpiara su cochinero antes de desmayarse… y me salí de la casa. Pero la estuve monitoreando por la ventana de la cocina. Claro que era un drama nada más, porque luego aventó el cuchillo y se fue a dormir.

Ese viaje hasta Puerto Escondido fue padrísimo. Fueron siete semanas por todo México. Viajábamos con Enriko, de dos años, en una combi VW Westfalia, acampando y surfeando por todos los pueblos lindos sobre las costas del Pacífico.

Una mañana, mientras surfeaba en el famoso punto de Puerto Escondido, me lastimé un disco de la columna intentando surfear las olas grandes y pesadas de la playa de Zipolite. Cuando venía bajando en la ola, no alcancé a meterme al tubo y me reventó en la cabeza.

Esa playa no es muy profunda y existen bancos de arena a pocos pies de la superficie. De esa manera pegué de cabeza en la arena dura y sentí algo crujir en la parte superior de la columna. Me sentí tieso y con miedo de moverme y lastimarme más. Me dio pánico porque pensé que iba a quedar en silla de ruedas. Pero por suerte sí pude salir caminando. Duré varios meses con el cuello y la espalda tiesos y con dolor. Después de un examen me informaron que solo me había fisurado un disco de la columna. Con varias terapias y ejercicios de yoga, se fue reparando sola.

Ella se enamoró de México y le gustaba más que California. Nunca aprendió a decir "guacamole" correctamente y siempre decía "guacamamole". Pero así es la vida: nada es duradero. Tuve que dejarlos ir cuando ella insistió en que se iba para no volver. Para entonces yo ya había terminado mis estudios universitarios y de piloto comercial. También comenzaba a trabajar como instructor de vuelo.

Pero sí volvió a los tres meses y, por los chismes de la vecina Jamie (esa vecina chismosa se vengó porque rechacé sus seducciones, y eso que era amiga de Micha), Micha se dio cuenta de que yo andaba muy amistoso con una chica llamada Lorna, que era casi solo una amiga. Usó eso como excusa para dejarme de una vez por todas. Le habló a su mamá para que le mandara el boleto de regreso a Alemania.

La última noche ella se quería arrepentir, pero decidimos darnos un tiempito para ver si mejoraban las cosas. Acordamos darnos seis meses, pero para entonces yo ya sabía que era lo mejor para los dos y, sobre todo, para mi niño. Yo no quería que él creciera traumado viendo a sus padres pelear como yo vi a los míos. Cuando nos veía pelear, se paraba entre los dos como un pequeño referí y nos decía: "¡Mamá, papá, nein nein!"

(Así como yo lo hacía de adolescente cuando mi mamá retaba a mi padre mientras se defendía con la escoba —y no para volar—). Eso me rompía el corazón. Por eso decidí dejarlos ir, aunque me dolió hasta el alma. Fue un estrés tremendo el que me causaba ella, además de que yo trabajaba tiempo completo y estudiaba en las noches.

Debo agregar que durante esos cuatro años de trabajo y estudio, además de ser padre de familia, nunca nos faltó comida en la mesa ni techo sobre nosotros. Me las ingenié para pagar mis estudios y adiestramiento de piloto todo por mi propia cuenta. No dejaba de visualizar cómo quería verme a mí mismo en unos años: como en el póster del Boeing 747, con mi uniforme de capitán y rodeado de bellas azafatas.

Cabe decir que nunca les pedí un cinco a mis padres. Aunque mi madre, cuando vio que yo sí estaba estudiando, ahora sí me creyó y me ofreció pagarme los estudios de piloto. Pero le agradecí y le dije que quería hacerlo por mi cuenta, como pudiera. Aún me dolía el orgullo por la frase que me había dicho años atrás, y no le iba a dar esa satisfacción de pedirle ayuda.

Capítulo 5

Mis inicios en la aviación general

Todos mis estudios los completé con préstamos y becas universitarias, gracias a la guía de mi gran amiga y consejera Kimberly Sanders, que me orientó en National University sobre cómo obtener estas becas y préstamos. Me gradué con un bachelor degree (licenciatura) en ciencia aeronáutica. Además, como piloto comercial de bimotores y como instructor de vuelo —de instrumentos y de bimotor—.

También le agradezco mucho a mi exsuegra de Alemania, que sí creyó en mí y, sin que yo le pidiera nada, ella me mandó cinco mil dólares para que terminara una más de mis licencias de instructor; cosa que le pagué con intereses unos años más tarde. Tardé veinte años en pagar los préstamos del gobierno, pero así lo hice.

Al mismo tiempo que trabajaba en la construcción de casas todos los días de la semana como carpintero (sheather), atendía a clases de noche en la universidad y, los fines de semana, tomaba clases de vuelo. Todo al mismo tiempo que mantenía a esposa e hijo. No conozco a ningún chavo milenio que haga eso hoy en día; sería algo muy raro.

Como siempre andaba en friega para arriba y para abajo. Me movía más fácil en mi moto Honda CB850 porque me podía adelantar entre los carros cuando había mucho tráfico. En una de esas adelantadas, mientras pasaba entre dos carros, un pendejo me abrió la puerta y salí volando por encima del carro. Por suerte andaba bien cubierto con chamarra de piel, guantes y casco. Cuando pegué contra la puerta salí como Superman volando y caí rodando y parado al frente del carro, como una caída tipo judo. Lo único fue que mi rodilla derecha pegó en la puerta y se dañaron unos tendones. La aseguradora del carro que me accidentó iba a pagarme hasta cuatro meses de sueldo por estar incapacitado, porque así con la rodilla no podía trabajar caminando sobre los techos de las casas.

Después de una semana podía caminar más o menos y esa mañana caminé a ver las olas. Había llegado una buena marejada y había muy buenas olas, así es que decidí que si podía caminar, podía surfear. Mientras surfeaba al lado del muelle de Ocean Beach, ¿a quién creen que me encontré? Al pendejo que me había abierto la puerta de su carro al que le pegué. Me vio y comentó que no me veía tan mal. Yo le dije que podía surfear con dificultad, pero aun así no podía trabajar.

Pues fue con el chisme y le dijo a su aseguradora que me vio surfeando y que no me veía tan incapacitado. Su aseguradora llamó a mi abogada y le ofrecieron solo la mitad de lo que habían acordado, que resultó ser casi 9,000 dólares. O sea, esa surfeada me costó otros 9,000 dólares que perdí. Aun con esa cantidad alcancé a pagarme dos licencias más: instructor de instrumentos y de bimotor.

Ahora mi concentración se enfocaba más en acumular horas de vuelo, sobre todo de bimotor. Volaba todo tipo de avionetas en distintas operaciones. Por ejemplo, la compañía California Wings —que fue mi primer trabajo como piloto— nos mandaba a hacer vuelos de reconocimiento sobre el mar, buscando escuelas de peces para avisar a los barcos de pesca. También volaba con un reportero de tráfico sobre las autopistas, reportando condiciones de tráfico y accidentes.

Hasta que se mató mi amigo Doug con ese reportero impulsivo, después de que me había pedido hacer mi ruta esa mañana (irónicamente, él me había pedido ese cambio porque quería celebrar su primer aniversario de matrimonio esa tarde). Se estrellaron en un cerrito con el reportero por volar muy bajo en la niebla sobre la I-5, no lejos de Oceanside. Hubo una investigación y, después de que se calmó todo, la FAA (DGAC) investigó. Llegaron a la conclusión de que el reportero había tomado el control del avión para aumentar el viraje, bajando el ala más para poder ver bien sobre un accidente en la autopista. Eso causó que la avioneta se desplomara y entrara en una espiral invertida de la cual Doug, el piloto, ya no pudo recuperarse y explotaron al impacto. Cuando me interrogaron los de la aviación federal, me informaron que habían encontrado a los dos pilotos con las cabezas arrancadas del cuerpo, además de quemadas.

Después de la investigación yo ya no quise volar allí; me dejó un mal sabor y tristeza por lo que le pasó a mi amigo Doug, que murió en el accidente. Fui a su funeral y le di el pésame a su mujer, con mucho pesar. A veces me preguntaba si no hubiéramos hecho ese cambio de horario, tal vez me habría tocado a mí. No creo, porque yo no dejaba que ese reportero impulsivo tomara el control de la avioneta cuando volaba conmigo.

Comencé a dar instrucción de bimotores y de instrumentos con San Diego Flight Training en Montgomery Field. El dueño era Rick Morrison y me trataba bien como instructor bilingüe. Allí conocí al arquitecto Mariscal, que me contrató para que lo volara en su Cessna 310.

Como era yo bilingüe, me tocaban los estudiantes latinos: Urko el vasco, Enrique el madrileño, además el italiano

Alessandro Spriano. Nos hicimos buenos amigos y seguido nos íbamos de fiesta los cuatro. Mantuve una amistad con Alessandro años después, cuando lo visitaba en mis pernoctas en Firenze, Florencia, donde vivía con su novia.

Perfecto para mi acumulación de horas de bimotor. Volábamos hasta Texas y hasta la Ciudad de México con el arquitecto en ese bimotor. Él era también piloto pero no sabía inglés, es por eso que yo lo volaba. A veces tuvimos unos problemitas con los federales cuando aterrizábamos en algunos aeropuertos del norte, pero siempre se solucionaban: el arquitecto Mariscal tenía muy buenos contactos y palancas.

Además, atravesamos casi todo Estados Unidos desde San Diego hasta Corpus Christi en el Cessna 310, atravesando la cordillera llamada "the Rockies" de Colorado a 18,000 pies de altura. Esa avioneta está certificada a esas alturas porque traía tanque de oxígeno con dos mascarillas. Yo había cuestionado al arquitecto Mariscal si ese tanque de oxígeno había sido checado recientemente. Él me aseguró que lo habían llenado y checado, y sí, el marcador indicaba que estaba lleno.

Pero justo cuando cruzábamos los Rockies, noté que el arqui se me quedó dormido por un buen rato y a mí me comenzó a dar un sueño tremendo. Ya habíamos cruzado la cordillera más alta y comencé a descender a 12,000 pies. Sospechaba que no había oxígeno en esa maldita botella de oxígeno cuando respiraba y no se sentía presión de oxígeno. Por suerte no me quedé dormido y evité desmayarme por causa de hipoxia, o sea, falta de oxígeno. El arqui Mariscal ni cuenta se dio de nada, ya que cuando despertó íbamos volando abajo de 10,000 pies. En otra ocasión tuvimos una bronca con los de U.S. Customs al entrar a la pista de Brown Field.

Al oficial de aduana, un tal oficial Joe texano, le caí gordo después de haberle comprobado que no había violado ningún reglamento. Me acusaba de haber llegado muy temprano de la hora de llegada estimada que había pasado por radio, y me multó cinco mil dólares porque le discutí. Unos días más tarde me multó otros cinco mil dólares acusándome de transportar pasaje y cobrando como operador de vuelos. Todo se arregló cuando fui a la corte de San Diego y el juez me canceló las multas, ya que comprobó que no había violado yo ningún reglamento. Era obvio que el oficial racista Joe texano actuó por arrogancia y soberbia contra mí.

Después de separarnos con Michi la alemana, mientras trabajaba en San Diego Flight Training, comencé a formular un plan de ataque: un ataque de precisión de cómo iba a iniciar mi carrera como piloto de aerolínea. En Estados Unidos no había contrataciones y pagaban muy poco volando aviones pequeños. Como instructor de vuelo apenas me alcanzaba para comerme un burrito de pollo. Y eso era cuando metía las manos entre las rendijas del sillón de la sala de espera de la escuela de vuelo; si no encontraba monedas, me alcanzaba para un burrito de arroz o de frijol. Y aun así, ¡qué sabroso sabían!

Otras veces, cuando me alcanzaba para una cerveza, íbamos con otros amigos instructores de vuelo al happy hour en el bar-restaurante Onions, en Pacific Beach, en el área de Belmont Park. Y por el precio de una cerveza podíamos comer todos los appetizers mexicanos que quisiéramos; nos dábamos una buena artada con solo tres dólares.

Aun así, me la pasaba bien de pobre, en mi Mustang convertible viviendo a media cuadra de la playa de Ocean Beach. La vecina Jamie (sí, la que intentó seducirme sin lograrlo) me rentaba su garage convertido en estudio por solo 200 dólares. Y, gracias a mi nuevo amigo Boris el alemán, conocí a varias de sus amigas europeas de su clase de inglés. Así que no me la pasaba solo, e incluso casi termino en algo serio con la italiana Leonarda: muy linda pero qué carácter. Terminamos después de que pasamos unos días como de luna de miel en Rosarito y Ensenada. Pero la hizo de pedo porque dijo que la utilicé para irme a surfear a Baja California; se encabronó porque me llevé mi tabla de surfear y hasta eso le molestaba. Era muy bella y pasional, pero ¡qué carácter explosivo tenía esa chica, uff!

Eventualmente logré ahorrar y compré mi segundo Mustang 1972 convertible con 2,500 dólares, con solo 62,000 millas y con un poco de corrosión, pero en muy buena condición. (Ese Mustang aún lo tengo después de 35 años y, justo en este momento, casi me lo terminan de restaurar como nuevo). Logré cargar mis pocas pertenencias: mis libros, mi guitarra, tabla de surf, etc.

Con mi nueva amiga Sabine, la francesita de París que me acompañó a México, me mudé a Guadalajara al apartamento de mi buen cuate Pepe Silva. Pepe y yo habíamos hecho un trato: yo le dejaba mi cuarto que rentaba en la playa de Pacific Beach a cambio de su apartamento en Guadalajara. Y hasta le presenté varias de mis amiguitas, y él hizo lo mismo con sus amiguitas de Guadalajara. Hasta la fecha somos grandes amigos con Pepe.

Mientras tanto, con la francesita Sabine atravesamos todo Baja California; después, con el transbordador a Mazatlán y de allí hacia Puerto Vallarta, y finalmente a Guadalajara. A ella le fascinó México, pero no se podía quedar. Qué por suerte no nos matamos cuando nos quedamos dormidos mientras manejaba yo a mediodía a medio desierto de Baja California. Una noche también nos habían estado siguiendo tres malandros en una camioneta como a la mitad de Baja California. Tuvimos que quedarnos en un motel con seguridad para perderlos. Sabine se quedó conmigo unas semanas en Guadalajara y luego se tuvo que regresar a París.

Igual que la historia con Britta en Alemania, la despedida esta vez fue con lágrimas de Sabine al alejarse el tren. Nunca supe si sus lágrimas fueron por mí o porque le encantó tanto México. Veinticinco años más tarde nos encontramos en París con Sabine y le hice esa pregunta; sonrió diciendo que ya no se acordaba. ¿Yo qué creo? Que sí se encariñó conmigo y con mi bello México.

Duré dos meses convalidando mi licencia mientras sobrevivía de mis tarjetas de crédito. (El comandante Márquez del aeropuerto de Guadalajara me trató de hacer la vida imposible para convalidar mi licencia.) Había tanta burocracia por parte de la DGAC antigua, la Dirección General de Aviación Civil, para convertir una licencia americana de piloto comercial a una licencia TPI —transporte público ilimitado— de México.

Varios pilotos nuevos pagaban mordidas para acelerar el proceso y hacer chapuzas en los exámenes, pero yo le metí cerebro como dos meses y hice todos los exámenes requeridos sin pagar mordidas. Por eso me lo brinqué cuando el comandante me comenzó a poner peros y más peros. Entonces me fui a la capital e hice el trámite directo y los exámenes requeridos con la DGAC de la Ciudad de México; seguí el buen consejo de su hijo Daniel, que se hizo buen amigo mío. Y luego otro amigo de mi amigo Pepe, el capitán

Ordóñez de la aviación general de Guadalajara, me facilitó su Cessna 310 para que hiciera yo el examen de vuelo. Qué hermosa es la gente: siempre van a haber tres personas buena onda por cada ojete en la vida. Les agradezco de todo mi corazón a todas estas personas que estuvieron de mi lado en este transcurso difícil.

Luego, dentro de poco, un buen contacto de uno de mis cuates en el aeropuerto (que, ahora que recuerdo, fue el sobrino del capitán Ordóñez) me dio el contacto de Aerotron, lla que a él lo habían recomendado pero él no hablaba inglés. Y por eso a mí sí me contrataron para volar un Sabreliner jet de Aerotron. Así es la vida: los amigos aparecen de la nada cuando uno menos lo piensa. Esos son los verdaderos amigos.

Ahora solo tenía que llegar a Vallarta con mis últimos 100 pesos que me quedaban. Llené el tanque de gasolina y me quedaron 40 pesos, más unas monedas.

Mientras iba en friega por la carretera hacia Nogales que va para Puerto Vallarta, rebasando camiones lentos, en una de esas rebasadas me atorre en el carril opuesto porque de repente se frenaron todos los vehículos y quedé en medio de los dos carriles mientras se me venía encima un camión de carga. Pero el chofer de un autobús, por buena onda, se hizo a un lado de la orilla sobre el zacate, y eso me salvó de quedar aplastado por el camión de carga que no lograba parar.

Me vieron dos polis en moto que venían del lado opuesto, pero mientras daban la vuelta yo arranqué y me les fui. Aceleré por media hora hasta que sentí que ya los había perdido, pero el hambre me dominó y, oliendo los pollitos asados al lado de la carretera, decidí parar a comerme uno.

Mi error fue no haber estacionado mi carro atrás del puesto de pollos. Según yo seguro que habían abandonado la fuga, me confié.

Y que van llegando. Pero ahora eran dos en una patrulla que llamaron a ayudarles a darme persecución. Inmediatamente uno de ellos me empujó bruscamente hacia mi carro y me comenzó a manosear, amenazándome que me iban a arrestar, mientras me preguntaban si andaba drogado o borracho. Yo les expliqué que iba camino a Vallarta a comenzar un trabajo como piloto, y que no había sido mi culpa que se cerró el tráfico cuando rebasaba. Les expliqué que el chofer del autobús se salió sobre el zacate para dejarme espacio y que no fui yo quien lo sacó del camino. En eso llega el autobús de pasajeros con los pasajeros gritando por las ventanas que me arrestaran porque casi los mataba.

Uno de los polis era más calmado que el otro y le dije que nada más traía 40 pesos, pero que les podía regalar mi guitarra, mi tabla de surf o mi bicicleta. Recuerden que estaba cargando todas mis pertenencias. Y se rieron. Les hablé muy diplomaticamente y cuando el más buena onda me preguntó si no pensaba vender mi carro, le seguí la corriente y le dije que, llegando a Vallarta, se lo podía vender si le interesaba. Y fue así que me soltaron, pero antes me bajaron mis últimos 40 pesitos… y mi pollo ya estaba frío cuando me lo comí. Lo que sí me encargaron fue que no volviera a la carretera por mínimo media hora, para que los pasajeros del autobús no vieran que me soltaron y no los fueran a reportar a ellos por soltarme. Y así lo hice.

Capítulo 6

Mi inicio como piloto profesional en mi bello Vallarta

Fue en Puerto Vallarta donde comencé a volar un jet Sabreliner ejecutivo con Aerotron. El capitán Tron se portó muy bien conmigo cuando le conté que llegué sin un peso. Me reservaron un buen hotel y me dejaron con tarjeta abierta para comer y beber lo que yo quisiera. Además, me facilitaron adelanto de sueldo para subsistir mientras iniciábamos el adiestramiento en el avión.

Me prestaron una casita en el campo a la entrada de Nuevo Vallarta, pero no había agua ni luz, y estaba rodeada de maleza. De la cual salían iguanas, ratas, armadillos, serpientes coralillo (por poco piso la coralillo en la sala cuando pensé que era mi cinturón) y alacranes a montones. Me acomodé sobre unas cajas de naranjas con mi sleeping bag y comencé a vivir allí, con velitas y animalitos que me acompañaban cuando tocaba mi guitarra sobre la hamaca en la terraza. Eran mi público, los animalitos.

Fue algo solitario, pero muy pacífico vivir así, a unas cuantas cuadras de la playa de Nuevo Vallarta. Por suerte, conocí a la gringuita Mika de San Francisco, que viajaba con sus padres y hermana. Ella decidió quedarse conmigo una semana más, pero su padre me dio una advertencia. Me dijo que si le pasaba algo malo a su hija, él se iba a asegurar de que yo no volvería a poder volar un avión jamás. ¿Qué me habría querido decir? Pero no le pasó nada. La pasamos bien y luego se regresó ella después de una semana. Pero sí le dio la venganza de Moctezuma.

También mi linda amiguita Adriana, de cerca de La Cruz, me hizo la vida muy placentera el resto del tiempo. Me encantó Puerto Vallarta y exploré cada pueblo y playa hasta Nayarit. Seguido salía yo a surfear a Punta Mita y Sayulita. Lo que sí me comenzó a molestar fue que los federales de camino me comenzaron a parar cada rato. No era común ver un Mustang convertible con placas de California en esos tiempos. Pero por suerte, también me había detenido el jefe de los federales, un tal jefe Rojas, que se hizo mi amigo porque quería comprarme mi Mustang.

Así es que cuando me paraban sus perros para querer quitarme mi carro (aunque seguía yo renovando el permiso del carro cada seis meses), me los quitaba de encima cuando les decía que ahorita les iba a hablar al jefe Rojas. Aun así, fue un año maravilloso viviendo en lindo Puerto Vallarta.

Tuve algunos vuelos interesantes de Vallarta y conocí varias personas interesantes. Una vez volamos al cantante Juan Gabriel a Los Ángeles y de allí a Santa Fe, Nuevo México. Primero dejó a su acompañante amiguito en Los Ángeles (un hermano menor de Rocío Dúrcal) y luego subió a su mujer con cuatro niños. Él nos dijo que todos eran sus hijos. Como el cantante llevaba buena amistad con los Tron, nos invitó a quedarnos en su rancho de Santa Fe en vez del hotel. Y esa tarde nos llevó a dar un tour de su rancho y luego de Santa Fe. A la mañana siguiente desayunó con nosotros y en el camino al aeropuerto sucedió algo increíble. Nos cantó de frente. Puso un casete de la música que estaba grabando con Rocío Dúrcal ese año, y nos explicó que ese sería su próximo disco.

La verdad, la piel (se me encueró el chinito) se me erizó de la emoción de tener a Juan Gabriel cantándonos de cara a cara. Fue una experiencia inolvidable. Claro que nos dábamos carrilla con mi tocayo Tron, cuchicheándonos que le gustó más el güerito, o sea él, y él me decía que le gustó más el morenito, o sea yo. Pero todo en broma... En realidad, fue un personaje muy profesional y amable, Don Alberto.

También conocí y platiqué un buen rato con Sir Richard Branson, el dueño de Virgin Records y Virgin Atlantic Airways. Me contó que había estado en Careyes con su familia, en los bungalows de Sir Goldsmith, y que la razón por la que se regresaba un día antes a su país fue por un malentendido. Se reía mientras me contaba esto. Que la noche anterior, mientras varios huéspedes del señor Goldsmith hacían fiesta al lado de la piscina, comenzaban a empujarse a la piscina. Y que a él se le ocurrió empujar a Goldsmith a la piscina, al viejito de 80 años. Y cuando salió como ratón mojado, le dijo: "Charles, te me vas de mi casa". Y así fue que llegó a Aerotron por la avioneta privada que lo trajo de Careyes. Yo me ofrecí a llevarlo a la terminal sin saber quién era. Hasta después que alguien me preguntó por él, me di cuenta quién era en realidad. Fue una persona sencilla y simpática y me cayó súper bien.

La verdad es que fue un año muy bonito volando mi primer avión de turbina y viviendo en Puerto Vallarta. Pero por poco me lleva la calaca en mi último vuelo con Aerotron. Este casi resultó ser el último vuelo en nuestras vidas. Un vuelo que accedí a hacer porque me quedaba una semana más en Vallarta. Ya que en una semana me iría yo a Ámsterdam, Holanda, a comenzar el adiestramiento para el Fokker 100 de la aerolínea Aviacsa.

Pero primero, esa noche tuve una pesadilla. Me desperté sudando y brinqué en la cama como si me hubiera caído. Me había caído en el sueño, pero desde muy alto. En este sueño pesadilla, me veía yo en un avión que se desplomaba hacia la tierra. Yo gritaba y luchaba por tomar control del avión, pero este no se podía recuperar y se clavaba como flecha hacia la tierra. Y al estrellarse fue cuando desperté sudando y gritando.

Esa mañana me avisaron de Aerotron que tendríamos un vuelo ferry, o sea, volar el avión vacío a Houston, Texas. Iriamos allí a recoger a una clienta importante. El Capi Tron me pidió que si le hacía el favor de hacer este vuelo extra con él. Si podía, que preparara el avión, hiciera el plan de vuelo y llamara al camión del combustible.

Por cierto, desde la mañana ya estaba yo en súper alerta por el sueño que tuve, y por si acaso, me puse a estudiar el QRH, Quick Reference Handbook. Es el libro de referencia de lista de emergencias. Por si acaso lo estudié y memoricé varios procedimientos de emergencia. (Este libro de referencia lo debemos tener casi memorizado en caso de una emergencia repentina).

Cuando fui a la oficina de aviación DGAC para hacer el plan de vuelo, me recibió uno de los agentes y me preguntó a dónde volaría. Le dije que a Houston, y luego me dio una tarjetita con la foto de Jesucristo. Me dijo que me lo llevara en la billetera para que me cuidara. Luego otro detalle, cuando llegaron los del combustible a cargar el avión, me preguntaron si quería también que llenara el tanque central. Normalmente los aviones llevan combustible en las alas y en el centro del fuselaje del avión.

Hice el cálculo de cuánto necesitaríamos para ese vuelo corto de menos de tres horas, y llegué a la conclusión de que nada más con las alas llenas sería suficiente. (Lo consulté con Tron y también estuvo de acuerdo). O sea, el tanque central permanecería vacío. Eso sería un factor importante en que fuera posible estar vivo y poder relatar esta anécdota.

Como era mi último vuelo, el Capitán Tron me ofreció que me dejaría volar los dos tramos, y yo, contento de volar este Sabreliner jet por última vez, accedí a hacer el vuelo, aunque ya estaba fuera de la nómina. Fue como un favor porque no había nadie más disponible ese día. Estábamos a punto de despegar y antes de tomar la pista, notamos que había presión baja en el sistema hidráulico izquierdo, y por eso seleccionamos el sistema derecho como procedimiento. Luego despegamos.

El Capitán Tron me pidió volar a mil pies por la costa de Nuevo Vallarta para sobrevolar su casa a mil pies, ya que su familia estaba afuera de su casa y sus hijitos nos verían volar sobre ellos. Le pidió a control aéreo mantener mil pies y a mí me pidió que moviera un poco las alas al aproximar el área de su casa. Como saludo y despedida a su familia.

Despegué y al llegar a los mil pies me nivelé y comencé a virar hacia el norte sobre la costa de Nuevo Vallarta. De repente comenzaron a sonar las alarmas, campanas y luces rojas que avisan que hay un fuego en el avión. Como los controles de extintor de fuego estaban del lado derecho, inmediatamente le pasé el avión al Capi Tron.

Como procedimiento de memoria, comencé a efectuar los pasos de memoria para apagar el fuego que indicaba en la parte trasera del avión. Activé la primera botella extintora presionando el botón, pero después de 30 segundos seguía el fuego según las indicaciones del panel de control. Luego presioné el segundo sistema extintor, pero aún seguían las alarmas de fuego. Era difícil saber si era una falla errónea o real. Nos autorizaron virar hacia el aeropuerto y aterrizar ya que declaramos emergencia y el Capitán Tron aterrizó el jet. Yo, mientras tanto, pedí por la radio que tuvieran los bomberos del aeropuerto esperándonos al final de la pista.

Hasta ese momento pensábamos que tal vez era una falla falsa de la alarma de fuego. Ya que no sentíamos ni olíamos fuego adentro del avión. El Capi Tron hizo un trabajo excepcional en aterrizar y parar el avión aún después de haber perdido todo el fluido hidráulico. Logramos rodar fuera de la pista a un lado del área de taxi y allí nos esperaban los bomberos.

Fue cuando abrimos la puerta que nos dimos cuenta que el fuego estaba atrás del empenaje hasta la cola del avión, el área de los elevadores y el timón. Aún estaba en llamas el avión y corrimos para alejarnos en caso de que explotara. Muy probable que no explotó porque no había combustible en el tanque central de la panza del avión. Ya que ese tanque central está pegado a la parte trasera de la aeronave.

Los bomberos apagaron el fuego rápidamente, pero el avión quedó destruido. Toda la parte trasera del empenaje estaba dañada por el fuego y por las altas temperaturas que se produjeron por el fuego.

Al día siguiente, nuestro mecánico Miguel se integró a la parte trasera del avión. Fue allí cuando se dio cuenta de lo que había iniciado el fuego. Nos informaron que tuvimos mucha suerte y que nos libramos de una posible muerte. Los cables de control que conducían a los elevadores (es lo que controla la dirección vertical de la aeronave) estaban reventados, excepto por un pedazo de cable que nos permitió controlar el avión sobre el eje vertical. Además, si hubiésemos llevado combustible en el tanque central, es muy probable que hubiéramos estallado en el aire.

Lo que inició el fuego fue una línea hidráulica que falló o tuvo una ruptura cuando hicimos el cambio de bomba hidráulica antes de despegar. El líquido hidráulico es muy flamable y cualquier chispa puede iniciar el fuego. Y eso fue lo que sucedió.

No fue hasta esa noche, que platicando mientras cenábamos, que nos dimos cuenta lo cerca que estuvimos de la muerte. Parece que el sueño que tuve me quiso avisar para que estuviera yo preparado para ese evento. También la bendición de la tarjetita de Cristo que me regaló el agente de la oficina de control aéreo. Y lo más importante que no llevábamos combustible en el tanque central. No nos tocaba. Como dice el dicho: cuando te toca, aunque te escondas, y cuando no te toca, aunque te pongas.

Había sido una buena experiencia esos meses que pasé volando en Vallarta. Hice muchos amigos nuevos, pero también uno o otro que no les caí muy bien. Sobre todo cuando en la oficina se dieron cuenta que faltaban unos cuantos miles de pesos. Y además misteriosamente se estaban vaciando las botellas de alcohol finos que guardaban para los pasajeros VIP. Había un segundo capitán que no me mascaba muy bien. Ese tipo quiso insinuar que tal vez era yo el culpable. Pero todos sabíamos y sospechábamos quién había sido. Pero como era un personaje muy carismático, no le hicieron cargos y solito renunció eventualmente. Al menos yo tenía mi conciencia limpia y salí bien recomendado de Aerotron.

Al día siguiente me preparé para mi viaje a Holanda, que sería mi próxima aventura de mi nueva vida. Me sentía lleno de vida y emoción al comenzar una nueva aventura en la aviación.

Capítulo 7

Aerolíneas Aviacsa, en Mérida

En julio de ese año me contrataron con Aerolíneas Aviacsa para volar el Fokker 100, un avión de turbina para 108 pasajeros fabricado en Holanda. Después de pasar dos meses de adiestramiento en Ámsterdam, Holanda, me mudé a Mérida y mi padre me ayudó a manejar mi Mustang por las montañas y la selva hasta llegar a Mérida. Fue un viaje inolvidable de casi tres días de camino con mi padre, mientras escuchábamos la música de Pink Floyd, que a él tanto como a mí nos gustaba. Sigue siendo una de mis memorias más preciadas con mi padre.

Después, para el regreso, mi padre se regresó a Guadalajara en uno de mis vuelos, en la cabina. El Capi Aguilar lo dejó tomar su asiento para tomarle foto con su gorra de capitán y eso fue casi un sueño cumplido para mi padre. También, su sueño había sido ser piloto, pero no se le cumplió y le dio mucha felicidad estar en la cabina conmigo volando.

Mi padre siempre fue un gran amigo y consejero. Don Chano o Prudenciano Horta era un personaje muy querido y respetado. Él provenía de Tamazula, Jalisco, de origen sencillo de campo. Había crecido en el rancho de Los Rusios, cerca de Tamazula, Jalisco, jugando entre vacas y montando caballos. Aún recuerdo muy bien sus historias que me contaba sobre sus hermanos pistoleros y sus peleas y balaceras, que eran comunes en esos tiempos. Después, mi abuelo lo mandó de joven a Estados Unidos para evitar más balaceras. Se fue de bracero con sus otros hermanos mayores y pasó muchas aventuras, trampeando los trenes hasta el desierto de Utah y Nevada. Incluso, casi se lo comen unos lobos cuando se le hizo de noche, pero por suerte llegó un tren vacío donde él se pudo esconder y proteger de los lobos.

Unos años atrás, habían matado a dos de mis tíos en pleitos de pistola. A mi tío Jesús Horta, por su amigo cobarde, pagado por el comandante del pueblo, le descargó la pistola en la espalda mientras se quedó dormido después de haber tomado mucho, ya que de frente no podían contra él. A mi otro tío, Emilio, lo balaceó su mismo tío a causa de pleitos de amores entre primas. Algo que su hermana, o sea mi abuela, nunca le perdonó.

Mi madre, la Generala Donna Amparo, fue como fue. Simplemente no supo cómo mostrar amor; nadie le había dado amor en su niñez, a la pobrecita. Tuvo que criar a sus hermanitos y no tuvo la paciencia suficiente con nosotros. "A chingadazos y jaladas de greñas aprenden", decía ella. Pero ya de grande se hizo muy linda y cada vez que los visitaba yo, me trataba como un huésped VIP. Era otra persona muy distinta a la que conocí de niño.

Mis días más felices con ellos fueron los últimos 30 años de sus vidas.

La compañía Aviacsa nos mandó a mí y a otro copiloto a Ámsterdam por dos meses para hacer la capacitación del Fokker 100. Yo le llamaba "Pequeño Solín" al compañero Mejenes y él me llamaba "Boris"... ¡Jajaja! La pasamos bien en Holanda. Llegando a Mérida, nos divertimos tanto con el ambiente y las azafatas que casi descuidamos algo el adiestramiento. No fue difícil adaptarnos a la mentalidad yucateca y el jefe Mendiburo y el Capi Especiel no nos la dejaron tan fácil. Pero salimos adelante y yo me quedé dos años. El Pequeño Solín Mejenes renunció antes.

Una vez establecido en Mérida... ¡Mare, qué calor! La pasé muy bien y como eran solamente 4 aviones Fokker, nos conocíamos todos muy bien con el resto de las tripulaciones. Mientras mi nueva gran amiga Marzia y yo explorábamos Mérida, las ruinas mayas y las playas de Progreso, seguido. Incluso, hicimos un viaje a la playa al sur de Acapulco con Marzia y su amiga Iris, a una playa solitaria, natural y virgen. No recuerdo el nombre de la playa, pero los paisajes y el ambiente eran muy similares a lo que se ve en la película "Y tu mamá también". ¿La recuerdan? (Pero al contrario de la película, eran dos mujeres y yo, un solo hombre).

Acampamos al lado de una playa hermosa, no lejos de unas palapas donde vivía una señora yerbera, que gracias a su asistencia, me sanó de la picadura de un alacrán. Una mañana me acababa de poner los shorts para brincar al mar cuando sentí un piquete como un clavo caliente, muy cerca de la pompi izquierda. Me fui rengueando a las palapas y la señora, cuando me examinó el piquete, le gritó a su esposo: "¡Viejo, trácme tu pistola!". Se me botaron los ojos y se comenzó a reír ella. Dijo que era para usar la pólvora de una bala y untármela con cloro para reducir el efecto del veneno. Luego me dio instrucciones de que me echara en la hamaca todo el día tomando cerveza. Mis amigas se morían de la risa diciendo que también ellas querían ser picadas.

Tuvimos una experiencia riesgosa cuando nos intentaron poner una emboscada unos locales malandros, cuando caminábamos a una playa vacía que tenía unas piedras y pinturas con jeroglíficos. Las chicas querían caminar topless para broncearse los pechos, pensando que no había nadie que las viera. Pero yo sospeché que alguien nos seguía cuando capté unas cabezas que se escondían tras los matorrales. Les advertí que mejor se vistieran y, dentro de poco rato, cuando llegamos a las piedras con jeroglíficos, confirmé mi sospecha.

En frente, a un lado de una piedra grande, salieron dos tipos, jóvenes locales que parecían estar intoxicados. Y con una risa falsa y traicionera, nos dijeron que ellos nos podían mostrar el resto del área. Que los siguiéramos entre dos piedras grandes. Uno de ellos tuvo el descaro de decirme: "Mira primo, tú traes dos viejas, préstanos una y así nos divertimos todos." ¡Qué pinches huevos del cabrón, ¿no?! Yo le contesté que no se iba a poder porque una era mi esposa y la otra mi hermana.

Yo había visto tres cabezas cuando nos seguían, así que les pregunté que dónde estaba su otro amigo. Se sorprendieron con mi pregunta y titubearon, diciendo que su amigo estaba en el agua pescando... Pues no era cierto.

Para entonces, ya nos habíamos armado con palos y piedras, y les insistí a las chicas que nos subiéramos a una de las piedras grandes, ya que allí estaríamos más protegidos y nos podríamos defender mejor. Luego subimos a la piedra y fue cuando vimos desde arriba al tercer individuo, armado con un machete, esperando que pasáramos. Les grité que nos dejaran en paz porque atrás de nosotros venían un grupo de amigos y les iba a ir mal.

Ya que vieron que su plan macabro de sorpresa estaba arruinado, se fueron eventualmente.

Pero nos regresamos muy alertas, con palos en las manos y piedras listos para lanzar.

En la noche dormimos los tres amontonados en la tienda de acampar. (Una vez, a media noche, me equivoqué de mujer cuando se me pegó un cuerpito que pensé que era Marzia, pero luego me di cuenta que era la amiga, ya que se sentía más flaquita. Me detuve de acariciar su trasero y, en la mañana, quise explicar mi error, pero nada más se rieron y dijeron que me estaba haciendo pendejo).

De todas maneras, yo no dormía muy bien y no soltaba el machete toda la noche. La yerbera de la palapa nos dijo que nos acercáramos más a su terreno para estar más protegidos, y así le hicimos.

Allí pasamos el Año Nuevo inolvidable de 1992.

De regreso en Mérida, me acoplé bien al grupo de pilotos y sobrecargos de base Mérida y seguido salíamos a cenar o hacer fiesta. Hicimos buenas amistades con todas las tripulaciones. Sin embargo, no faltaron los amoríos telenovelescos y chismes que suelen surgir en las aerolíneas.

Como estaba yo en la edad de los treinta y algo, no quería ninguna relación seria y, pues, me dejaba llevar por la diversión. Las chicas eran jóvenes y bonitas y yo en esos años no tomaba a nadie para relación seria. Así es que me disculpo si lastimé a una chica linda local que me ofreció su amor y yo no supe apreciarlo por mi manera egoísta de ser a esa edad. También hubo una que se pasó de lista y me quiso atrapar con acusaciones falsas de embarazo. Que después me di cuenta que había sido puro cuento. Según me dijo mi amiga Lorenia, que era la jefa de sobrecargos, que dejara de alborotar su gallinero.

Lo que me comenzó a molestar era cómo la compañía Aviacsa se aprovechaba de las tripulaciones respecto a los descansos requeridos. Querían tener a las sobrecargos pegadas en el teléfono de su casa haciendo su reserva hasta en sus días de descanso, y a veces, de la nada, nos metían un vuelo hasta en nuestros días programados de descanso. Yo me rebelé y, también por apoyar a las sobrecargos, me eché encima al jefe de pilotos.

Metí mi renuncia justo cuando TAESA, la línea nueva que crecía rápidamente, me invitó a concursar y fui contratado inmediatamente para el Boeing 737.

Aun así, fueron dos años muy bonitos que pasé en Mérida. Pero, como siempre, todo lo bonito llega a su fin.

Cuando me fui, eso no le agradó mucho al Capitán Mendiburo. Aún recuerdo su despedida cuando me dijo: "Horta, yo me voy a encargar de que no vuelvas a volar un avión en tu vida." ¡Jajajaja! Y solamente he volado todos los Boeings pesados varias veces alrededor del mundo, mi Capi.

Yo tenía mis metas muy definidas y sabía que no me quería atorar en una línea aérea pequeña, así que también por esa razón comencé a buscar otros horizontes.

Inmediatamente fui contratado con TAESA en la Ciudad de México. Así es que, de nuevo, cargué con mis pocas pertenencias, mi Mustang 72 convertible, y me dirigí por las selvas y las montañas de la Ciudad de Tenochtitlan, en mi caballo metálico Mustang 72, que tan fiel me fue. Allí me instalé llegando a la casa de mi gran amigo Arturo Vargas. Su papá, el gran Capitán Vargas de Aeroméxico, y él me adoptaron por unas semanas en su bonita casa.

Por suerte, alcancé a llegar, ya que casi quemé la transmisión de mi precioso Mustang.

Extrañé mucho la vida de Mérida y mis amistades que había dejado allí. Ahora, en la ciudad más grande del mundo, me sentía más solo que nunca. La soledad no llega cuando está uno solo, sino cuando está uno rodeado de 23 millones de habitantes.

Pero hay una anécdota de otro mundo que debo contarles antes de cambiar de historia de aerolínea.

Capítulo 8

Avistamiento De Ovnis

En la primavera de 1993, cuando hacíamos vuelos de Mérida a Monterrey a Juárez, una mañana, el Capitán Aguilar (una finísima persona, el Capi "Negro" Aguilar) y yo salimos temprano de Monterrey hacia Juárez con tres sobrecargos. Estábamos ascendiendo a nivel 280 (28,000 pies sobre el nivel del mar) cuando me hizo la pregunta el Capi Aguilar: "—Mira, Horta, ¿qué crees que sean esas luces brillosas allá a la izquierda?".

A una distancia de aproximadamente 25 millas náuticas y sobre una serie de montañas planas se observaban seis luces muy brillosas.

Debo mencionar que a esta área se le llama el *Área del Silencio*, y es una zona prohibida que tiene unos misterios particulares. Por ejemplo, respecto a la velocidad del sonido, se distorsiona debido a una intervención o distracción magnética que cambia las propiedades de la velocidad del sonido. Y también, muy seguido, se reportan avistamientos de Ovnis.

Las observamos detenidamente y parecía que se movían y flotaban justo en las cúspides. Yo le comenté al Capi que parecían ranchos con techos de aluminio o algún material brilloso.
Las observamos hasta que parecía que se elevaban sobre las

montañas, y me dice el Capi Aguilar de nuevo:
"—Mira, Horta, pinches ranchos no vuelan, ¿verdad?".

Ahora sí estaba raro que las luces circulaban claramente
como flotando sobre esa zona de montañas.
Por unos instantes los perdimos de vista y, de repente,
aparecieron a nuestro lado izquierdo, como a cinco millas de
distancia, y ya no eran luces brillosas.

Ahora eran discos blancos, seis en formación. Discos que
volaban sin dejar estelas o sin mostrar ventanillas o motores.
Eran claramente discos blancos como la leche, pero no
volaban como aviones en formación: volaban y flotaban, a
nuestra velocidad y a nuestro nivel. Era muy claro que nos
estaban monitoreando.

Las sobrecargos entraron a la cabina y también los vieron.
No pudimos tomar fotos porque, lástima, no traíamos
cámaras.
Estuvimos unos minutos llenos de asombro cuando
realizamos que, en efecto, lo que teníamos a nuestra vista
eran muy claramente Ovnis.

Minutos más tarde se me ocurrió hablar por la radio con
Centro Monterrey y hacerles la pregunta de si tenían tráfico
militar en el área.
La respuesta fue' que no. Me preguntaron que qué era lo
que teníamos a la vista, y yo les contesté de la manera más
natural que veíamos objetos redondos y luminosos en
formación a nuestro lado izquierdo.
Inmediatamente se esfumaron; se desaparecieron como a la

velocidad de la luz, porque de repente ya no estaban allí.
Miramos hacia las montañas donde habían estado
circulando y allí estaban de nuevo, como luces brillosas.
En unos minutos más, escuchamos a un avión de
Aeroméxico que también reportó el avistamiento.
Esa semana vimos esas luces dos veces más en el día.
Pareciera que estaban monitoreando y cuidando esa zona
montañosa.

Según he leído y escuchado, hay un mineral raro en esas
montañas, y se sospecha que ellos, los E.T.s, necesitan de
este material para la operación de sus naves.
Su presencia extraterrestre está descrita en todas las
escrituras antiguas desde los tiempos de la antigua
Mesopotamia, indicando que hemos sido visitados y
modificados genéticamente por seres de otras galaxias. Les
llamaban *Anunnaki, Elohim, Anakim, Nefilim.*

La Biblia describe cómo la nube de Dios se elevaba rugiendo
y quemando la tierra abajo de ella (se describe como *Shem*,
que significa "cohete" en hebreo). Hasta en el Antiguo
Testamento hablan de ellos, aunque los describen como
ángeles y apariciones. Han dejado su historia y existe
suficiente evidencia para tomar esta teoría en serio.

Simplemente hay que leer los capítulos de los profetas
Elíjah y las narraciones del profeta Enoch, donde describen
la visita de dos seres angelicales con trajes brillantes hasta
la cabeza (traje de astronauta).
Los Elohim lo llevaron a hablar con su Dios Jahveh, que lo
esperaba en su nube (nave) sobre la montaña.
La nube (*whirlwind*) de Dios era parecida a un pájaro

metálico enorme; los ojos del pájaro eran brillantes como
de cristal, y las piernas del pájaro eran redondas (tren de
aterrizaje).
Luego entraron por la panza del pájaro, y adentro era muy
luminoso, desde el cual, por los ojos del pájaro, se veía la
Tierra.
Dios le habló, pero no lo veía porque estaba cubierto por
una luz brillante. Luego se estremeció el pájaro y, rugiendo,
se fue elevando.

Dios lo llevó a otro sitio en Israel, cerca del Monte Sinaí, y
por los ojos del pájaro Elíjah pudo ver que la Tierra se
hacía más chiquita y se veía redonda.
O sea, está muy claro que fue una abducción extraterrestre.

A propósito, el término *whirlwind* significa un objeto
volador que causa mucho ruido y se eleva dejando los
matorrales quemados.

Se los dejo a su criterio.
Yo sí creo que no eran de este plano terrestre.

Capítulo 9

Volando Internacional Para Taesa Airlines

Como no era fácil ir a ver a mi hijo de Alemania, decidí que la única manera de verlo más seguido sería si volara con TAESA y me ascendieran al Boeing 767/757, ya que tenían vuelos a Frankfurt, Alemania, y otros destinos en Europa. Y así fue'. A los dos años de estar con Aviacsa, apliqué con TAESA y me contrataron para el Boeing 737.

El Capitan encargado de las contrataciones me aseguró que en unos meses me ascenderían a Capitán de B737, pero yo le hice saber que mejor prefería pasar al B767/757 de Primer Oficial. Le agradecí su oferta y le expliqué la razón de visitar a mi hijo en Alemania. A los pocos meses después pasé al B757 y B767, gracias al Capitán Galina, que había sido ex-Aviacsa y nos apoyaba a los de Aviacsa.

Claro que eso causó algunas envidias con algunos pilotos inseguros y envidiosos, ya que yo llevaba mejor preparación, y además de inglés fluido también hablaba alemán.

Hubo un baboso copiloto que me hizo la pregunta de a quién se la había mamado para pasar al Boeing 767 tan pronto... lo que es la ignorancia y la envidia, ¿no?

Ahora ya podía ver a mi hijo Enriko cada mes cuando me tocaban esos vuelos chárter a Alemania. Mi vida ahora estaba completa con ver a mi niño y pasar mis días libres en Wiesbaden con ellos.

Habíamos tenido una separación pacífica con su mamá y nos permitimos ser buenos amigos.

Volábamos seguido a Alemania en el B767 y, a veces, en el B757. En uno de esos vuelos me traje a mi niño de 8 años en la cabina; a veces, sentado en mis piernas, le explicaba yo todo sobre el avión, y él sentía y pensaba que lo volaba. Según él, sí lo volaba. En esos tiempos sí se podía tener visita en la cabina de pilotos.

Mis días más felices en esos tiempos eran cuando llegaba yo a Alemania con pernoctas hasta de siete días. Me iba directo en tren a Wiesbaden, donde vivían mi ex y mi hijito, y me quedaba con ellos en vez de quedarme en el hotel con la tripulación.

Salíamos de Puerto Vallarta y la Ciudad de México, y seguido estuvimos basados en República Dominicana — Santo Domingo y Puerto Plata. ¡Qué isla tan encantadora, con ambiente padrísimo, buen ron, buenas hembras y playas preciosas!

Llevábamos muy buen ambiente con los compañeros, y aunque no teníamos mujeres sobrecargos, no nos faltaban las chicas en nuestros destinos.

Existía un chiste respecto a las sobrecargos de TAESA sobre la razón por la que no usaban faldas... porque al agacharse se les veían los tanates.

Era la única línea Aérea de esos tiempos donde no contrataban a mujeres como sobrecargos. El rumor era que, según los jefes de contrataciones, decían que las mujeres eran muy conflictivas y no aguantaban las largas jornadas como los hombres. Pero el otro rumor era que a uno de los jefes le gustaban los hombres.

Lo que sí era verdad era que hacíamos muchos vuelos pesados de noche. Les llamábamos vuelos tecoloteros. A veces hacíamos hasta cinco destinos: saliendo de Tijuana hacia Guadalajara, luego México, luego el Bajío y Morelia, para finalizar en Tijuana.

Doce horas toda la noche, de tres a cuatro veces por semana. Llegábamos casi quedándonos dormidos en pleno vuelo o durante el rodaje en plataforma.

Una vez, a medio camino de regreso a Tijuana, el Capi me dijo que yo me tomara una siesta de media hora y él se quedaría despierto.

Pero de repente, mientras hacía mi jeta (o sea, power nap), escuché un rujido... eran los ronquidos del Capi, que también se había quedado dormido.

Comencé a checar nuestra posición y noté que habíamos atravesado todo el desierto de Sonora sin hacer comunicación de radio.

Encontré la frecuencia del área y, cuando me cuestionaron los del control aéreo que si todo estaba bien o qué estaba pasando, les dije que habíamos seleccionado la frecuencia equivocada.

Pero luego se despertó el Capi de malas y la hizo de pedo.

Eso causó que la jefatura de pilotos se enterara, y el Capi se lavó las manos conmigo, diciendo que yo me quedé jetón sin avisar.

Nos dieron una regañada y no pasó a más. No diré el nombre del Capi, pero sí que se parecía a Juan Gabriel... y hasta cantaba como él.

En otra ocasión, venía yo como piloto volando en el Boeing 757 hacia una aproximación de ILS (Instrument Landing System) en Tijuana.

La meteorología estaba arriba de lo requerido, pero con niebla muy cerca a nuestros límites.

Cuando llegué a los 200 pies de altitud de decisión, no había pista a la vista y tuve que hacer una aproximación fallida, o sea, ida al aire.

Lo malo fue que, de tan cansado que andaba de volar toda la noche, me equivoqué de avión.

No solo eso, venian dos pilotos de observadores,, fumando en la cabina. Con la cabina llena de humo, la fatiga acumulada y el mal tiempo con visibilidad limitada, causo' un nivel alto de estress.

Como había yo comentado anteriormente, volaba los tres equipos: B767, B757 y B737.

Ahora, en un momento crítico con fatiga acumulada, cuando intenté presionar los TOGA switches (que son interruptores para seleccionar el modo de aproximación fallida: en el B757 se encuentran al lado de los aceleradores y se presionan con el dedo gordo, y en el B737 se encuentran frente a los aceleradores) pues me confundí pensando que estaba en el B737 e intenté presionarlos hacia el frente, pero no los encontré.

Mi mente entró en confusión al principio, pero luego entré en razonamiento y empujé los aceleradores manualmente hacia potencia máxima para una ida al aire.

El Capi Tonno se dio cuenta y él los presionó por mí.

Continué el ascenso y las instrucciones del control aéreo.

Luego nos dieron una ruta nueva hacia nuestro aeropuerto alterno, que creo fue Hermosillo, Sonora.

Claro que eventos como este eran a veces, de esperar a causa de la fatiga acumulada que llevábamos.

Hubo casos donde el Capi, que iba rodando el avión sobre la plataforma, se quedó dormido y casi se le va el avión hacia la terminal.

Desafortunadamente, había serpientes voladoras que usaban estos eventos para echarnos tierra y criticarnos a nuestras espaldas.

Por eso teníamos un dicho — o más bien una broma — que iba así:

"¿Qué le dijo una serpiente a otra?"

"Shhhh, cuidado, que allí viene un piloto de TAESA."

Había otro que decía así:

"¿Cuál es la cuarta ley de Newton? Toda cosa que se arrastra tiende a ascender."

O sea, que los arrastrados tendían a ascender más rápido echando tierra a otros, chismeando y besando traseros de los jefes.

Pero el karma es muy real, y eventualmente el karma se encargaba de las serpientes.

Una vez, en un vuelo a Tijuana, venía yo de pasajero y noté que enseguida de mí estaba una señora muy guapa y llena de bolas muy llamativas... o sea, buenísima.

La ayudé a subir una computadora que traía arriba en el maletero. Me dio las gracias y comenzamos a platicar.

Sus ojos bellos de color me observaban detenidamente mientras platicábamos, y no fue hasta casi el final que supe quién era ella.

Era la Sennora Olga Breeskin.

Nos caímos bien y platicamos por más de dos horas y media de su vida y de mi vida.

Al final del vuelo me dio un fuerte abrazo, un beso y su tarjeta, con una figurita de ella tocando el violín desnuda, de oro bordada, con su teléfono de su casa en Rancho Bernardo.

Quedamos de hablarnos y nunca lo hicimos.

Pero fue una experiencia muy bonita porque, además de ser muy bella, era ella una persona muy real y sencilla que me dejó una impresión inolvidable.

Se preguntarán qué pasó y por qué no le hablé.

Le hablé una vez para saludarla y dejé un mensaje en su teléfono, pero como andaba yo enamorado de la chica de San Diego, no me interesaban las mujeres mayores que yo, y sobre todo que no me quedaba tiempo libre para andar de cabrón con otra... aunque fuera la señora Breeskin.

Mis compañeros pensaron que estaba yo loco por no hablarle, pero yo sabía que era mejor guardar ese recuerdo puro, así como lo vivimos en ese vuelo a Tijuana.

Pasaron varios incidentes y casi emergencias mientras volé para TAESA, pero solo contaré una anécdota que me viene a la mente.

En un vuelo tecolotero, cuando salíamos de León hacia Morelia, creo, mientras ascendíamos sentimos un golpe del lado derecho.

Vimos una especie de pájaro grande y blanco que apenas evitó la nariz del avión, pero obvio que se estrelló en el ala o el motor.

El motor comenzó a vibrar a causa del pájaro estrellado en el motor, reducimos algo de potencia y continuamos a nuestro destino ya que estábamos muy próximos.

Ya en tierra, el mecánico de TAESA se acercó con su camioneta hasta el ala del avión y encontró pedazos de pájaro y plumas en el interior de la turbina derecha.

Nos dijo que había tres álabes un poco torcidos — vienen siendo los stator vanes al frente del motor de turbina.

El mecánico nos dijo que tal vez les podía dar una enderezadita.

Los quitó y comenzó a enderezarlos con un martillo sobre la parte trasera de su camioneta. Luego los volvió a poner en su lugar e hicimos una prueba de motor.

Había aún un poquito de vibración, así es que los quitó otra vez y les dio otra enderezadita.

A ese mecánico por algo le decían "El Mago".

Esta vez la prueba de motor resultó sin ninguna vibración del motor.

Pero aún teníamos que hacer un test flight, o sea, probarlo en vuelo. Así es que el Capi (no diré quién fue, pero sí que parecía Padrecito) me preguntó si estaba de acuerdo en hacer un vuelo de prueba: un despegue, nivelar a cinco mil pies y regresar a aterrizar.

Pues como Copiloto nuevo que no se raja, acepté, y despegamos y aterrizamos sin ninguna vibración.

La turbina operó perfectamente. Firmaron la bitácora de vuelo y continuamos a nuestro destino, que era Tijuana.

Ya allí se reportó el golpe para que se hiciera una inspección y reparación adecuada.

Con TAESA estuve apenas tres años, porque con la devaluación del peso ya no me convenía volar en México.

La salida del desgraciado presidente Salinas vació de recursos al país y a la línea aérea TAESA, causando una quiebra en todo el país.

No lo sabíamos entonces, pero en varios vuelos tecoloteros que hacíamos a Tijuana transportábamos cajas de miles de dólares que ya se imaginarán de dónde provenían... seguramente para luego ser mandados a los bancos de Estados Unidos.

Por eso, cuando salió el gobernante sanguijuela, no solo vació al país, sino que la línea aérea se redujo a la mitad.

Así es que comencé a aplicar con compañías extranjeras para volar como piloto expatriado por contrato definido.

El último año con TAESA fue en la base de Tijuana. Aproveché para regresar a vivir en San Diego mientras salía a mis vuelos desde Tijuana.

Una noche, en el Café Sevilla de San Diego, conocí a una chica Mexicana muy bella, fue' como un Deja' Vu y hicimos una conneccion muy especial. A pocos meses resulto' embarazada y a los nueve meses tuvimos un hijo. Le llamamos Sebi.

Yo vivía en un yate de un amigo canadiense llamado Ron y una gringuita llamada Sue, y su gato Kika, en la marina de Point Loma, en San Diego.

Pero cuando resultó embarazada mi nueva novia, me cambié a vivir con ella a Imperial Beach para esperar al bebé e intentar ser una pareja.

Estábamos ambos inmaduros, y al final no nos entendimos bien viviendo juntos.

Nos dimos cuenta de que no estábamos listos para sentar cabeza.

Fue buena escuelita haber volado para TAESA. Tardeza, la línea que no regresa, le llamábamos.

Por suerte no nos caímos del cielo con tantos incidentes que tuvimos.

Pero al final de 1998 sí tuvieron un accidente fatal.

Existía un chiste que iba así:

"¿Por qué hay tantas guerras y problemas en el planeta? Porque Diosito está muy ocupado cuidando a los pilotos de TAESA."

Comenzaron a surgir demandas para pilotos de Boeing 767 en Asia y el Medio Oriente.

Pero como yo aún no era Capitán, no me podía ir a Asia. Muchos compañeros sí se fueron a volar a países asiáticos.

En este caso, terminé mudándome a Nueva Zelanda para volar un contrato temporal con Air New Zealand como primer oficial de Boeing 767.

Fue padrísima la experiencia, y la lana ni se diga.

Pagaban cinco veces más de lo que ganaba con TAESA.

Estos contratos suelen ser temporales o indefinidos, ya que algunos países que desarrollan sus aerolíneas muy rápido no les da tiempo de preparar pilotos con experiencia, y es por eso que contratan extranjeros con experiencia por medio de agencias que se dedican a reclutar pilotos.

Capítulo10

Volando En Nueva Zelanda Y La Isla De Mauritius

Cabe mencionar que, ahora que estaba entrando al mercado internacional, yo decidía dónde y en qué país quería volar. Formulé una clave que inventé basado en cuatro requisitos que el contrato tenía que ofrecer.
Y eran: **BBBW** — *Beach, Beer, Babes and Waves* (Playa, Cerveza, Nenas y Olas). Y así fue la mayor parte.

Nueva Zelanda me gustó mucho. Es un país hermoso, con mucha naturaleza, y en el año 1996 aún era barato vivir allí. Los neozelandeses, o *kiwis* como son llamados, son gente muy amable y amistosa. Pero no es fácil hacer amistades profundas; era más que nada a un nivel superficial.

Al principio fue un cambio frío, solitario, y extrañaba mucho mi vida de San Diego. Respecto a mi relación, necesitaba alejarme. Sentía que lo nuestro había sido una trampa muy repentina y que me ahogaba en esa relación. Decidí que necesitaba escapar de esa situación y por eso acepté ese contrato de volar en Nueva Zelanda.

Los vuelos que efectuábamos eran a Brisbane, Sydney, Fiji, Honolulu, Hawái y a Japón, con pernoctas de 48 horas en Fiji y Hawái, que eran las favoritas.

Fui el único Mexicano que contrataron de un grupo de 20 pilotos. Preferían licencias ATPL de origen australiano, neozelandés o británico. Fue suerte que me aceptaron de último minuto porque uno de los pilotos no se presentó, y gracias al coqueteo que establecí por teléfono con Miss Moxham, la hija del dueño de la agencia IAC.

También exploré las olas y, llegando, me compré una tabla nueva para surfear. Había muchos buenos sitios de surf por toda la Isla del Norte. No encontré mucho ambiente latino, pero hice amistad con mi buena amiga Karla y su familia, que eran peruanos. Siempre hacía falta hacer ese conecte con raza latina. También hice buena amistad con una señora mexicana que estaba casada con un *kiwi* local. Sus hijos y yo nos hicimos buenos amigos y surfeábamos seguido. Mi nueva amiga *kiwi* Mandy también fue muy buena compañía en mi estancia en Nueva Zelanda.

Pero al fin yo sabía que este era un contrato temporal; duró casi 10 meses. De nuevo me preparé a buscar dónde necesitaban pilotos de Boeing 767.

Mientras tanto regresé a mi casa en San Diego, donde aún rentábamos una casa con mi pareja o ex pareja. Dejé claras las cosas: que no quería casarme y, sobre todo, ahora que no estaba seguro en qué condición estábamos. Estuvimos de acuerdo en que nos tomaríamos más tiempo a ver qué pasaría. Así es que me fui preparando para mi próximo escape y aventura mundial. Cuando llegó ese contrato de Air New Zealand a su fin, al final del año, apliqué a una línea llamada Air Mauritius. No tenía ni idea de dónde se encontraba Mauritius; hasta ese momento yo pensaba que estaba en el Caribe. Cuando la localicé en una revista de surf me emocioné: tenía dos sitios famosos para surfear que se llamaban Mandarin Bay y One Eye en Le Mourne.

Según me habían comentado, estaban urgidos de pilotos. Y en efecto, me ofrecieron un contrato de tres años, que eventualmente cambiaron a cuatro años sin mi consentimiento.

La isla de Mauritius se encuentra en el sur del mar Índico, no lejos de la isla de La Réunion y a una hora y media de la isla de Madagascar. En esta isla viven cinco culturas en paz, normalmente: los franco-mauricianos siendo la minoría, hindús, musulmanes, chinos y africanos. Muy tropical, con playas hermosas y jungla, el paisaje parecido a la zona de Puerto Vallarta.

Nunca pensé que me pudiera ir tan lejos. Parecía que cumplía mi deseo que le dije una vez enojado a mi madre: que me iría a los confines del mundo para alejarme de ella. *Hahaha*, cómo son las palabras que a veces se convierten en realidad; hay que tener cuidado con lo que dice uno.

Cuando me ofrecieron el contrato, después de haber hablado por teléfono con la secretaria del jefe de pilotos, le pedí a Mademoiselle Pierrot que si por favor podía buscar el currículum que les mandé vía fax. Y cuando lo encontró, me preguntó si podía venir a una entrevista al día siguiente. Casi me suelto de risa, pero me aguanté: había que atravesar medio mundo para llegar allí.

En esos tiempos se aplicaba para posiciones de piloto aviador por medio de agencias especiales en contratar pilotos experimentados. O se mandaba un currículum vía fax con una foto, y si quería uno dejar más huella, lo mejor era hablar directamente por teléfono.

Le expliqué a la secretaria que tardaría casi dos días en llegar. Me hizo una cita en tres días y me aseguró que ellos me reembolsarían el gasto de los boletos.

El Capitán Banymundab y dos más, capis, me recibieron para la entrevista (tardé 30 horas en llegar vía París), que fue muy agradable y amistosa. La única pregunta técnica que me hicieron fue que les dijera la definición de "ETOPS", que significa *Extended Range Twin-Engine Over Water Operations* (Operaciones de dos motores de largo rango sobre agua).

Yo les contesté bromeando: *Engines Turning Or Pilots Swimming* — motores girando o pilotos nadando. Se carcajearon de risa y me contrataron, después de que les di la definición correcta. Que yo sepa, yo era el único Mexicano en esa isla, con excepción de la monjita loca que después conocí. Era una monja mexicana que vivía en una iglesia del sur de la isla, y era bien pachanguera. Nos invitó una vez a comer y nos deleitaron con su guitarra y unos tragos... buena onda la monjita.

La mayoría de los isleños jamás habían conocido a un mexicano, por lo cual causaba curiosidad con los locales cuando me presentaban en un evento social. La reacción normal de ellos hacia mi persona era como si hubieran presenciado un marciano o un ser de otro planeta. Y casi siempre me preguntaban que dónde había dejado mi pistola y mi sombrero. Pero era de manera tan inocente, porque en realidad era lo que sabían de México por las películas antiguas que veían en la televisión. Me llegaron a preguntar si conocía a Thalía, ya que veían su novela traducida a francés. De broma les dije que era mi vecina, y parece que se la creyeron.

También sabían de México por el fútbol mundial, ya que México había jugado muy bien en el Mundial del 98. Y de Carlos Santana también me preguntaban si lo conocía. Yo les respondí que era mi vecino en Jalisco, México, y me la creían.

Fue muy interesante volar allí, sobre todo porque algunos de nuestros destinos eran a países que yo aún no conocía: por ejemplo, Indonesia, Hong Kong, Australia, Suráfrica, casi toda Europa, la India, Sri Lanka, Seychelles, África Central y Singapur. La cultura de Mauritius es parecida a algunas islas del Caribe: son africanos mezclados con inglés, francés u holandés, y la mayoría en los últimos años son descendientes hindús. Estos fueron traídos a trabajar la caña y se multiplicaron como conejos mormones. Ahora son la mayoría de la isla. También hay una cultura *rastafari* de isleños con *dreadlocks* que les llega hasta la cintura, muy simpáticos y amistosos. Su música es como el *reggae*, muy rítmica y con mucha percusión; es una forma de *reggae* que le llaman **seggae**.

Se llevan bien entre las cinco culturas: anglos o francos, chinos, musulmanes, hindús y africanos.

Al norte de Grand Bay, yo vivía en la playa de Pereybère. Me hice amigo de todos los rastas, sobre todo mi buen amigo filósofo Rodo Camarel, que tenía dos *dreadlocks* de tamaño de un baguette detrás de su cabeza y le llegaban hasta la cintura. Seguido, en mis días de descanso, me iba a tomar el café a esa playa y platicábamos por horas con el jefe de los rastas, Rodo Camarel.

Una vez me invitaron a un concierto de *reggae* que se hacía en el sur de la isla, adentro de un cráter de un volcán durmiente, donde los sonidos de la música se amplificaban por el efecto del eco. Acordamos que yo los iba a llevar en mi camioneta Nissan de doble cabina y ellos pagaban mi boleto de entrada.

Al recogerlos —a cuatro de ellos—, todos con sus *dreadlocks* que, cuando los veía por el espejo retrovisor, parecía que llevaba cuatro leones adentro de mi vehículo. No solo eso: luego sacaron su porro enorme (*joint*), *gandia* le llaman, y todo el interior se puso nuboso de humo. Tuve que abrir mi ventana para respirar. Parecía que estábamos en un vuelo por instrumentos con todo cubierto de humo y niebla. Y además, cuando entramos al cráter para escuchar el concierto, también había una capa de niebla de humo de *gandia* de todo el público que la estaba fumando. Por la forma que estaba ese cráter, el humo se mantuvo como una nube sobre nuestras cabezas. Cabe decir que, aunque yo no fumaba, me llegaron los efectos secundarios de ese humo… Fue un concierto padrísimo y una experiencia inolvidable.

Los mauricianos son gente muy pacífica, al menos que haya un conflicto político o cultural y comenzaban a quemar carros y a arrojar piedras de los puentes a los carros. Esto fue lo que sucedió cuando la policía musulmana mató a golpes al líder de ellos, que era como el Bob Marley de la isla: cantaba y se parecía mucho a Bob Marley. Hubo una revuelta casi al nivel de disturbio civil, y la isla estuvo cerrada al turismo casi dos semanas. Establecieron la ley marcial y estuvimos encerrados varios días en nuestros apartamentos. El gobierno hindú corrupto amenazó con traer a los soldados de la armada de Sudáfrica a poner orden; tenían fama de, además de ser súper racistas, ser unos asesinos. Los iban a traer a la isla, al menos que dejaran de quemar autos y arrojar bombas molotov contra edificios de gobierno. Eventualmente todo se calmó, pero perdieron millones de dólares por falta de turismo.

Mauritius también es una zona de ciclones. Me tocó presenciar dos ciclones cuando vivía allí. Y claro que exploré la posibilidad de surfear allí y descubrí varios puntos buenísimos para surfear. Éramos pocos los que surfeábamos, así es que raramente había más de cinco personas en las olas.

Habian un pequeño grupo de locales surfos que les llamaban los White Shorts, pero a mi me aceptaban porque sabían que volaba para Air Mauritius. También veleaba seguido y salíamos al mar a pescar y bucear en el velero de mis amigos Patrick y Verena.

Mandé traer a mi exnovia y a nuestro bebé dos veces durante ese tiempo que viví allí. Fueron momentos muy bonitos, pero ella tenía su trabajo y tenía que permanecer en San Diego. Aún nos queríamos, pero no podíamos estar juntos. Así es el amor a veces, como un amor prohibido.

También me traía a mi hijo de Alemania a veces, todo el verano y el invierno. Cuando tenía que salir de vuelo tenía amigas voluntarias que me lo cuidaban, como mi buena amiga Preesy y su hermana, la petite Corinne; y también Keksi y su mamá me lo cuidaban.

La isla de Mauritius era un paraíso aislado. Lo más cercano era la isla de La Réunion, que es territorio francés, y la isla de Rodríguez, que es parte de Mauritius. Y a una hora y media de vuelo está la isla grande de Madagascar, que está al sureste de África. *Cape Town* en Sudáfrica quedaba a tres horas y media.

A veces las pernoctas eran hasta de siete días: de tres días en Europa y siete días en Australia. Eran los años dorados de la aviación. Los viáticos eran muy bien pagados y los hoteles eran de cinco estrellas.

Air Mauritius me pagaba un buen *bungalow* de tres pisos y tres habitaciones frente a la playa de Pereybère, al norte de Grand Bay. Se podía vivir muy bien de los viáticos, mientras era posible ahorrar todo el sueldo. Las chicas isleñas eran muy simpáticas y coquetonas, pero eso daba a tener problemas con los tipos locales celosos.

Un hombre no puede estar solo por mucho tiempo. Hasta a un perrito le gusta que lo acaricien de vez en cuando. Esa es y sigue siendo mi excusa, pero eso causaba que nos engarzáramos con una local; sucedía seguido. Desde que llegué, en mi primer vuelo de Zúrich a Mauritius, me dieron la bienvenida: una de las sobrecargos más guapas y voluptuosas se me presentó en mi habitación a darme el

"Welcome to the island, mon", cosa que yo no pude negarme por no ser visto como desatento o malagradecido.

Después apareció la *petite fille*. Desirée era una isleña mezclada con algo de francés y africano; lo que se le llama una criolla blanca. Bonita, con una figurita apetecedora y sus ojitos verdes; tan dulce y cariñosa, cocinaba muy rico y del amor ni hablemos. Yo tenía 36 y ella 22 años. Y de mala casualidad resultó ser la prima de la voluptuosa que me dio la bienvenida a la isla. Pero eso lo guardé como secreto cuando me preguntaba Desirée si fui yo una de sus víctimas.

Viajábamos en vuelos juntos y explorábamos varios países de esta manera.

Desirée era una de mis sobrecargos. Duramos un año y medio, pero al conocer a su mamá, media loca y posesiva, me di cuenta de que la hija iba por el mismo camino. A veces la pequeña Desirée me sorprendía entrando por la terraza de mi segundo piso a ver si me agarraba con otra vieja; se subía por el árbol de plumeria.

Ya era tiempo de romper esta relación cuando la mamá me preguntó si tenía planes de matrimonio. Además, el papá tenía un fusil antiguo que acariciaba mucho y, según Desirée, estaba dispuesto a usarlo contra algún cabrón que lastimara a su pequeña Desirée.

Rompimos la relación en un fin pacífico, pero aún nos veíamos de vez en cuando.

Al tercer año ya me habían amenazado de muerte por el conflicto que esta chica local causó cuando supo que ahora andaba yo con *Sexy Keksi*, una rubia sexylona de Eslovaquia, muy llamativa, que trabajaba en un hotel. El ex novio de Desirée corrió la voz de que iba a haber un mexicano muerto en la isla porque había lastimado el corazón de una chica local. Era obvio que, yo siendo el único mexicano en la isla, de mí se trataba. Seguro que de la monjita loca mexicana no se trataba.

Por si acaso, no bajé la guardia, aun cuando nos encontramos surfeando el mismo punto de "One Eye" en Le Morne un día. Sospeché que era él quien había circulado ese rumor y sabía que algo tramaba, pero decidí enfrentarlo allí, de hombre a hombre.
Cuando le pregunté a su cara, mientras surfeábamos ese día, que si él andaba corriendo ese rumor, lo negó y dijo que él solo había escuchado eso. De todas maneras, para escamarlo, le dije que no era fácil matar a un mexicano y que morirían siete cabrones intentándolo. Se quedó callado y siguió surfeando.

Pero eran muy impredecibles y cobardes estos isleños, por las malas. Según consejos de mis amigos, era algo de no tomar a la ligera, y tomé en serio la amenaza. Se sabía de un caso donde mandaron matar a un sudafricano, por cuestión de faldas también.

Esta isla tenía sus peligros, que no eran fácil de detectar por el turista ocasional. Por su posición geográfica, esta isla se prestaba para ser usada como un punto logístico para pasar drogas pesadas, tal como la heroína, que provenía de la India, Pakistán y Afganistán.

En una ocasión se nos presentaron un grupo de gente sospechosa que estaban queriendo ver el *bungalow* de playa de nuestro vecino. Por cortesía, les ofrecimos un té mientras esperaban al dueño con las llaves. Eran tres tipos y dos chicas guapas de Madagascar.

Uno de los tipos aclamaba ser un *jockey* de los caballos de carrera del rey de Omán, y su guardaespaldas, un tipo muy muscular con cara de mal pagado. El tal *jockey* era gordo, cosa que nunca se ve en los jinetes *jockeys*. Allí, con esa observación, no me la creí yo. El tercer tipo era una especie de *geek* con lentes, flaco y chiquito. Decían ser compradores de caballos de carreras para el rey de Omán y querían rentar una casa para residir en ella.

Capítulo 11

Mi gran escape de la isla encantada

Esto me olía a pescado. Algo tramaban, pero no sabíamos qué era. Unos días después, nuestros amigos Bilal y Chips, que eran amigos locales de confianza, nos dieron una noticia no muy buena. Apareció en las noticias que la policía local había arrestado a un grupo de narcotraficantes de heroína que tenían otra casa rentada llena del producto que traficaban, la heroína. Y cuando vimos las fotos de los tipos, eran los mismos tres hombres y las dos chicas que habían estado tomando té en nuestro bungalow.

Ese mismo año, a mi amigo Patrick, el piloto, le robaron su velero de 36 pies que tenía anclado justo enfrente de su casa, en la playa al sur de Grand Bay. Eso pasaba seguido, ya que los narcotraficantes usaban barcos privados robados para transportar la droga de la isla hacia los buques contenedores que los esperaban en alta mar. Luego hundían el velero y la droga continuaba a sus destinos de Europa o Australia en los barcos contenedores. Y eso fue lo que le pasó al velero de mi amigo Patrick.

La otra razón por la cual me quería ir de la isla de Mauritius era que en la compañía había mucha gente muy mentirosa. Casi todos eran de origen hindú. Prometían y no cumplían. Existía una broma sobre la fama que tenían para mentir. Y va así:

¿Cómo sabes que un hindú miente?

Cuando mueve la boca.

¿Y cómo sabes que está a punto de mentir?

Pues cuando tiene cerrada la boca.

Ya me habían prometido el ascenso a Comandante de Boeing 767, pero cuando veía yo que en vez de eso estaban metiendo de capitanes a locales con menos experiencia, les perdí la credibilidad. El nuevo jefe de pilotos, que era un hindú de cultura musulmana de nombre Torabai, odiaba a los extranjeros y tenía planeado reemplazarnos con puros locales.

Así que me preparé adelantando mi partida de allí. Además, me comenzó a dar fiebre de isla, que es cuando uno se siente como león enjaulado en un lugar tan pequeño. En medio día se podía dar toda la vuelta a la isla en carro.

Pero antes de mi partida tuve un incidente que me dejó lesionado varias semanas. Una mañana de madrugada tenía un vuelo a Cape Town, Sudáfrica, ida y vuelta. Y cuando estábamos abordando el Boeing 767, no alcancé a ver que la puerta del EEC en el piso, el Electrical Engine Compartment, estaba abierta. Los mecánicos que estaban checando algo dos metros abajo en la panza del avión se les olvidó avisarnos. Como era aún casi de noche y yo miré hacia arriba para decir buenos días a las dos sobrecargos que estaban cuidando la entrada, de pronto desaparecí como tragado por el avión.

En cuanto estaba saludando con un Bon Jour, me sentí como devorado por una bestia y lo que salió de mi boca fue un Bon

Jouuuur mientras caía. Eran dos metros de profundidad y por instinto extendí los brazos para detener mi caída. Me resbalé casi hasta abajo, pero mis manos y una pierna quedaron afuera en la orilla de la apertura. Mi pierna y rodilla izquierda quedaron torcidas como pretzel. Me revisaron en la clínica del aeropuerto y no tenía nada roto, aunque tenía sangre por la espalda hasta el cuello del resbalón contra el borde del orificio.

Decidí que aun así podía hacer el vuelo. Según yo me sentía bien y mi machismo y ego no me permitieron rajarme, así que le aseguré al Capitán que continuáramos el vuelo. Pero de regreso esa noche ya no sentía mi rodilla, se inflamó y me dolía al tocarla. No podía caminar y no quise aceptar que me sacaran en silla de ruedas, así que esperé que todos salieran del avión y fui el último en salir. Renqueando como pude salí y tomé un taxi directo al hospital. Allí me informaron que tenía unos tendones y ligamentos rotos en la rodilla izquierda. No me quise dejar operar y acepté, en cambio, una bota de yeso desde el pie hasta unos centímetros arriba de la pierna. Solo le pedí al doctor que la bota fuera de material a prueba de agua. No quería dejar de ir a la playa y por lo menos nadar y hacer snorkeling.

Estuve incapacitado casi cuatro semanas. No podía conducir mi camioneta estándar, así que mi nueva amiguita sexy Keksi se apuntó como mi enfermera privada, y me llevaba a la playa y a hacer compras. Y también me ayudaba con otros favores especiales necesarios para mi bienestar emocional y espiritual en mi apartamento.

Volví a volar como un mes después, pero tardé casi un año para que la rodilla se recuperara por completo.

Llegó el verano de 1999 y ya había tomado la decisión de escaparme de Mauritius Alcatraz. También tenía problemitas con la policía local de Grand Bay. Ya tenía tres infracciones que me habían dado en otras partes de la isla. La última fue cuando conducía al sur para ir a surfear a Mandarin Bay, donde había una marejada soñada. Hasta ese momento no se me había hecho surfear esa famosa ola. Llevaba en la cama de mi camioneta la tabla de surf nueva que me traje de Nueva Zelanda.

Aunque estaba bien sujeta con cuerdas bungee, de repente mi tabla tomó vuelo. Estaba cruzando un valle abierto rodeado de montañas y los vientos producidos por el efecto Venturi solían ser muy fuertes. Causaron una succión en la cama de la camioneta y la tabla salió volando. Iba protegida en su surfbag. Cuando se elevó quedó colgada de uno de los bungees y comenzó a volar como papalote detrás de mi camioneta. Cuando la vi por el espejo retrovisor grité Nooooo como si hubieran atropellado a mi perro.

Al parar la camioneta, se soltó del bungee, voló hacia el carril opuesto y terminó siendo atropellada por un camioncito que venía en dirección contraria. Quedó atorada entre las ruedas del camión. Cuando la saqué de la bolsa, vi que tenía una grieta longitudinal y había perdido las tres quillas. Como era de epoxy, todavía se mantenía en un solo pedazo.

Ya iba yo encabronado rumbo a Mandarin Bay, pero dispuesto a pedir prestada una tabla a alguien para poder surfear esa marejada que tanto esperaba.

Seguí mi camino hacia el sur, pero entre dos pueblos en la

carretera estaban dos policías locales escondidos detrás de un árbol grande y me hicieron la parada. Me acusaron de ir muy rápido en una zona de 65 kilómetros por hora. Yo iba a 100 porque era carretera abierta. Les discutí, pero no cambiaban de parecer. Cuando me pidieron mi licencia de manejar les dije que sí tenía, pero de California. Se las mostré y se conformaron. Aun así me pidieron mi nombre.

Y ahí fue donde me pasé de mamila. Les dije que me llamaba El Zorro. Y así lo anotaron. Me dieron la infracción y dijeron que la mandarían al domicilio que les di. Les dije que vivía en Calle Uranus 69, Planet Mars Avenue. Claro que no me llegó. Volví a hacer eso tres veces, pero a la tercera ya me estaban buscando.

Después de una fiesta que tuve en mi bungalow, donde vinieron unos amigos de un grupo latino que tocaba en algunos hoteles, se armó el relajo. Había chicas topless flotando en la piscina con botellas de ron y tequila también flotando. Unos vecinos chinos quejones nos mandaron a la policía. Al llegar el policía, medio mamón y mandón, a ordenarnos que bajáramos el ruido, nos tomó por sorpresa porque no sabíamos cómo había entrado al jardín de los bungalows. Le di mi nombre como El Zorro de nuevo y le dije que ya se podía ir a la chingada. En francés se dice Va te faire foutre. También le dije que no volviera a entrar porque se había metido ilegalmente por la puerta privada. Por eso me enojé.

Al día siguiente el commandant de la policía de Grand Bay y otro policía fueron a buscarme. Ya sabían dónde vivía, pero llegaron preguntando por El Zorro. Dijeron que ese tal Zorro había sido muy majadero con uno de sus policías. Por suerte no me conocían visualmente y pude hacerles creer que la noche anterior había habido un tipo en la fiesta que se llamaba El Zorro. Les dije que era uno de los músicos argentinos y que se había ido de la isla porque yo mismo lo llevé al aeropuerto. Y que sí había estado un poco ebrio y fuera de control, pero que ya se había ido.

Luego el commandant me pidió que hiciera una declaración de los hechos. Les ofrecí una cerveza y nos sentamos en la terraza del jardín mientras yo escribía la declaración. Obvio que aún no salía la película de El Zorro con Antonio Banderas. Estoy seguro que cuando salió la película, al verla, los policías se dieron cuenta de que ese personaje misterioso que conocieron en la isla no podía haber sido El Zorro.

Sentía que si me quedaba más tiempo tendría problemas con ellos y tal vez con el que me había amenazado, además de otros problemitas de amores.

Así que comencé a planear mi fuga de la isla.

Y fue' justo a tiempo, porque me estaba acosando una francesa loca. Era la mamá de una noviecita, Beccy la pelirroja, que tuve las últimas semanas que estuve allí. Resulta que la mamá, que por cierto era una mujer muy guapa de unos cuarenta y tantos y que se parecía a una actriz de los años ochenta, se enamoró de mí y me acosaba en mi apartamento. Éramos vecinos para acabarla, ya que los bungalows compartían jardín y piscina. La francesa se aparecía en bikini en mi terraza intentando seducirme mientras me decía Henri mon amour je t'aime, pero yo ponía excusas y le decía que como ya tenía novia no quería involucrarme.

Más se encabronaba ella, diciéndome que cualquier otro hombre la desearía en sus brazos.

La hija me había hecho prometer que nunca le dijera a su mamá de nuestro amorío. Obvio que la hija sabia que la madre estaba enamorada de mí. Me interrogaba e insistía que si me había acostado con su hija. Más se enojaba cuando yo la rechazaba. Pero Yo lo seguía negando.

Esa pobre mujer estaba pasando por un momento emocional muy duro después de la muerte de su esposo. Se habían accidentado los dos en moto y solo ella logró sobrevivir. Pero le quedó un ojo más abierto que el otro y eso le daba un aspecto medio espeluznante. Aun así era guapa, pero pude mantenerla lejos de mi cama.

Llegué al punto de cerrar ventanas y cortinas y hacerme el dormido. Pero ella tocaba en la puerta de la terraza diciendo que sabía que yo estaba allí. Henri je t'aime ábreme yo sé que estás ahí decía. Un año después, ya en San Diego, me cayeron las dos a mi velero donde vivía, las acepte' porque pensaba que la francesa ya me había olvidado. Beccy me aseguro' que su Mama' lla estaba bien, pero en la noche la mamá volvió a llegar amorosamente a mi camarote. Cuando la rechacé terminó durmiendo en el sillón de la sala cerca de mí. No pude pegar pestaña toda la noche pensando que me iba a asesinar a media noche. Pero cuando no me vio ella escondi'todos los cuchillos que había en el velero.

Mis principios no me dejaron aprovecharme de ella y por suerte no pasó nada. Así que cuando llegó el momento de desaparecer como Houdini de la isla, fue con una gran satisfacción y una sensación de paz.

Yo había firmado un contrato por cuatro años. En realidad firmé para tres, pero me hicieron trampa y lo cambiaron a cuatro. De esa manera, cuando rompiera el contrato, se quedarían con mi bono acumulado de casi veinte mil dólares. También me habían amenazado con hacerme cargos legales por romper el contrato.

Así que decidí que la mejor manera era tomar el vuelo de Air France de medianoche sin decir nada a nadie. Solo mis vecinos y buenos amigos Ian y Laetitia, y mi gran amigo Juan el Pintor sabían. Poco a poco había estado llevando maletas cuando volaba a Frankfurt y las dejaba en la casa de mi ex esposa y mi hijo en Alemania. Me fui deshaciendo de muebles y cosas que no pude vender, Las regalé. Mi bici se la regalé a Ian y Laetitia, mi guitarra al hijo de mi amigo Juan, y mi tabla de surf a mi amigo mauriciano Gisleain, el músico de Banana Club. Pero no podía decirle a nadie más porque la gente era muy chismosa.

A mi gran amigo Juan el Pintor le dejé mi camioneta para que la vendiera. Y él fue el último que me vio la cara en esa isla encantada de Mauritius cuando me dejó en el aeropuerto.

Así fue' mi escape de la isla de Alcatraz Mauritius. La isla exótica que terminó siendo casi como una prisión. Llegó a su fin esa aventura y ahora estaba listo para regresar a la civilización de nuevo.

Llegando a mi escala en París, llamé al jefe de pilotos y le dije que renunciaba. Me mentó la madre como pudo y me amenazó diciendo que haría lo posible para que yo no volara jamás. Hahaha. Su isla todavía no aparecía en muchos mapas del mundo y poco se sabía de la existencia de Mauritius.

No me preocupaba mucho lo que fuera a hacer. Pero sí intentó perjudicarme cuando se enteró a dónde me había ido. Contactó a mi nuevo jefe de pilotos de National Airlines en Las Vegas con una carta muy negativa sobre mí con puras mentiras y chismes fabricados.

Mi nuevo jefe, John, me habló por teléfono y me preguntó si de verdad había dejado el apartamento que rentaba en Mauritius destrozado y sin pagar renta, porque eso era lo que decía el tal Torabai de Air Mauritius. Yo le aseguré que no era cierto y que podía mostrarle los estados de cuenta de mi banco Hong Kong Bank, donde se veía que había pagado todo y hasta regalado los dos meses de depósito a la señora que me rentaba. Además tenía testigos de que dejé limpio y vacío el apartamento.

Mi jefe nuevo me creyó y me dijo que no me preocupara y que continuara el adiestramiento del Boeing 757. No llegaron a nada las acusaciones y mentiras del ex jefe de Mauritius. Todos sabían que era un hijo de p...

Capítulo 12

Volando en National Airlines de Las Vegas

Por fortuna, acababa de ser aceptado en esa línea aérea nueva basada en Las Vegas, Nevada, National Airlines (no relacionada con la nueva National). Mi gran amigo, el capitán Ross Brightman, me había recomendado y, a los pocos meses, me ascendieron a Capitán en el Boeing 757. Ahora éramos dos capitanes mexicanos, mi amigo Mauricio, ex TAESA, y yo. Para esos tiempos, eso era raro en Estados Unidos. A algunos pilotos mormones racistas les caía mal vernos de capitanes cuando ellos eran copilotos. Pero así es la vida, y que se vayan acostumbrando, porque gracias a las leyes de igualdad ya nos respetan más.

Ahora estaba cerca de casa, de México y de mi ambiente de San Diego. Pero no me gustó vivir en Las Vegas. Vivimos un año en una casa grande con mis amigos Ross, Ian the Zimbabwean y Gary Silva. Fue muy interesante el primer año, pero yo no estaba a gusto viviendo en ese desierto. Había muchas tentaciones y era muy fácil convertirse en un sexólico, alcohólico o drogadicto. Así es que después de un año, me instalé a vivir en un velero de cuarenta y siete pies que compré al regresar. Habíamos estado separados mi novia de San Diego y yo, pero aún éramos buenos amigos y seguido salíamos juntos con nuestro hijo.

Los vuelos eran domésticos a ciudades grandes de Estados Unidos. Fue muy divertido volar allí y la mayoría de los tripulantes eran muy simpáticos. Había un par de nuestras sobrecargos que eran strippers o teiboleras de noche y sobrecargos de día. Otras eran niñas normales también.

A veces volábamos a personajes de Hollywood que venían a Las Vegas a hacer fiesta. Me tocó saludar a Frankie Avalon, el cantante de los sesenta, a algunos rockeros de los ochenta y, en una ocasión, a las chicas de Playboy y a algunas estrellas de películas porno. Vestidas muy provocativas, semi encueradas, venían a visitarnos a la cabina. Fueron los tiempos antes de los ataques terroristas de las Torres Gemelas, así es que aún dejábamos pasar a algunas pasajeras a la cabina de pilotos.

Y como siempre, los dramas telenovelescos y los divorcios no faltaban. Teníamos una pernocta de treinta y seis horas en Miami, en el Sherry Frontenac Hotel, que era un crew hotel. En ese hotel pasaban muchas cosas que no pasan en hoteles normales. Llegaban tripulaciones de Europa también, y como estábamos pegados a la playa, era común que las sobrecargos anduvieran topless de la piscina a la playa. Nuestras sobrecargos eran más valientes y, en las noches, algunas terminaban desnudas de la playa a la piscina.

Hubo un caso donde un amigo Capitán tuvo problemas con la compañía. Habían estado bebiendo con la tripulación, y ya casi a medianoche decidieron todos irse en pelotas de la piscina al mar y de regreso a la piscina. Pero al regresar, notaron que sus ropajes habían sido escondidos por alguien, de broma. No les importó y brincaron en pelotas a la piscina.

A mi amigo el capitán después se le acusó de que lo habían visto cometiendo el acto de cunnilingus al lado de la piscina, o sea que se bajó al agua el Capi, con una de las sobrecargos.

Y el que fue con el chisme a la compañía fue un gay que se ofendió con lo que vio. Según sus quejas, declaró: "Disgussssthing. Qué asqueroszzzzzzo".

Mandaron llamar a ese capitán a una interrogación con el jefe de pilotos. Cuando le preguntaron si eran ciertas las acusaciones, respondió que no se acordaba porque había estado muy pedo. Mala respuesta. Lo mandaron con Alcohólicos Anónimos seis semanas y luego le costó el divorcio. A la chica no le hicieron nada porque lo negó todo. Se sabe que hizo más que negarlo, porque al poco tiempo la ascendieron a mayor de sobrecargos.

Como siempre, no faltaban los eventos dramáticos y conflictos humanos. Entre tripulantes y agentes de aeropuerto siempre ha existido cierta envidia o coraje hacia nosotros porque tenemos mejores sueldos y prestaciones. Así es que no faltaba el agente de tierra mamón que quiere imponer sus reglas respecto a quién aborda el avión.

Tuve un caso donde yo operaba como Capitán de un vuelo de Las Vegas a Nueva York, y me quería llevar a mi hijo de Alemania que me visitaba. Lo agregué a la lista de espera y le hice saber al agente que estaba abordando mi vuelo. Le expliqué que, de acuerdo con las reglas de la compañía, por ser mi hijo, y yo el capitán del vuelo, automáticamente él quedaría como el primero en la lista de espera, la standby list.

Debo mencionar que este station manager era un chavo gay flamante con una actitud arrogante y con falta de respeto y cortesía.

Como estaba lleno el vuelo, salía yo de la cabina a checar que mi hijo de once años sí se fuera a subir. Parecía que habría solo un asiento libre en First Class y le pregunté al agente si mi hijo estaba aún como número uno. El agente se refirió a mí como "Este vato quiere que suba su hijo", con ironía y despecho. Le recordé que yo era el capitán y era mi última palabra y decisión quién subía al vuelo, sobre todo porque no podía dejar a mi hijo allí solo.

Resulta que el agente marica quería complacer a su novio, que iba en el vuelo con sus padres. Pero sus padres tenían solo standby tickets y tendrían que estar al final de la lista de espera. Así es que ese cabrón agente hizo chapuza y bajó a mi hijo al final de la lista para poner a esa pareja grande en los últimos asientos disponibles.

Cuando me enteré de que ya estaba cerrando el vuelo y que había subido ilegalmente a esa pareja grande, dejando fuera a mi hijo, tomé control de la situación. Con autoridad salí a exigir que llamaran al tipo. Ordené que bajaran a esas dos personas porque las habían subido ilegalmente haciendo chapuza. Luego les informé que mi hijo iba a subir y que, además, lo iba a reportar por lo que hizo.

Así se terminó ese fiasco. Mi hijo subió conmigo a ese vuelo y el tipo ese se quedó en vergüenza y ridículo frente a los padres de su noviecito, a quienes tuve que bajar del avión.

Obviamente me quiso reportar, pero yo estaba en todo mi derecho. Hice mi reporte y le vinieron quitando el puesto al buey. No supe qué sucedió con él después.

Capítulo 13

Casi un Secuestro

Algo más inusual que me pasó con esta compañía fue que casi tuvimos un secuestro, un hijack de verdad. Yo acababa de aterrizar en el aeropuerto de Nueva York y estacionamos el Boeing 757 en la antigua Terminal 4. El ingreso a esa terminal era muy fácil y, en el año 2000, aún no sucedía nada de los ataques terroristas. Así es que, mientras salíamos del puente con mi tripulación, la nueva tripulación entró en cuanto salimos. Para eso, los pasajeros que esperaban para abordar el avión estaban solo a unos pies de distancia.

Entre ellos había un chico afroamericano joven, de veintidós años, que aprovechó para entrar en cuanto nosotros salimos. Llegó hasta el avión y sacó una pistola mientras se abría paso hasta la cabina de pilotos. Forzó a las sobrecargos a que cerraran la puerta y comenzó a hacer sus demandas.

Sus demandas eran de dar risa, pidiéndole al capitán Tony que lo llevaran a la Antártida a ver los pingüinos. El capitán le explicó con mucha paciencia que no tenían el combustible necesario para llegar hasta allá, pero le sugirió que Disneyland en Miami también tenía pingüinos.

Era obvio que el joven estaba demente, y así estuvieron negociando por casi tres horas. Hasta que el capitán Tony lo convenció de entregar su arma, ya que en cualquier instante el SWAT iba a entrar y, obviamente, lo iban a matar. El joven loquito también amenazó con suicidarse, pero Tony le pidió que no lo hiciera para no regar y dañar los instrumentos con sangre.

Al final se entregó el chavo loco y se lo llevaron.

Yo me enteré porque una de las chicas, Becky, mi amiga de JFK Ground Operations, quedó atrapada en el avión. Me llamó y me dijo que estaban en alerta de hijack. Después yo le avisé a la compañía.

El otro evento anormal que tuve fue una falla de turbina volando sobre los Rockies. La cordillera de los Rockies atraviesa desde British Columbia, Idaho, Montana, Wyoming, Colorado, Utah y Nuevo México. Volando hacia Las Vegas, justo cuando íbamos en altitud de crucero sobre esta cordillera, comenzó a fallar la turbina derecha.

Fue causada por los mountain waves, ondas de montaña que ocasionan cambios fuertes de viento causados por las mismas montañas. Tuvimos que bajar a la altitud mínima para un solo motor y mantuvimos el motor derecho con suficiente potencia mínima necesaria, ya que no estaba dañado y nos podía servir a altitudes más bajas. Y así fue: llegamos a Las Vegas con una turbina en buen estado y el motor derecho se mantuvo sin exceder parámetros.

Sí declaramos una urgencia para que se nos diera prioridad para aterrizar, y al final no hubo más complicaciones.

Como dije antes, no me gustó vivir mucho en Las Vegas, ya que es una vida muy artificial y superficial. Además, el calorón del verano era insoportable. Así es que me mudé a vivir en mi velero en San Diego, y para ir a trabajar solo tenía que tomar un vuelo gratis de jumpseat de cincuenta minutos a Las Vegas.

Llegamos a tener dieciséis aviones y parecía que la compañía iba bien, pero de repente, al tercer año, justo cuando les exigimos un sindicato de pilotos, se declararon en bancarrota. Comenzaron a tener problemas financieros. Se sabía que los inversionistas de la compañía eran dueños de casinos y había rumores muy probables de que lavaban dinero de esta manera.

Desafortunadamente, National Airlines declaró bancarrota y cerraron la empresa en noviembre del 2002 y, de nuevo, me vi desempleado. Después de que nos robaron el diez por ciento de nuestro salario, disque para recuperarse de la situación económica.

Mientras tanto, mi hijo de Alemania y yo (que se había mudado de Alemania para estar conmigo), vivíamos muy a gusto en el velero. Sin gastos mayores en la marina de Harbor Island, mientras yo aplicaba a otros contratos.

Un día, mi vecino de la marina, Ron, me recomendó que aplicara para una línea japonesa llamada Japan Airlines/Jalways. Él también era piloto y conocía a la persona que se ocupaba de las contrataciones de expatriados. Contrataban para estar basados en Honolulu, Hawái, volando el Boeing 747-300 y 200, el Jumbo clásico.

No me la podía creer. Mis sueños de surfear en Hawái y volar el Jumbo 747 se podían hacer realidad.

Capítulo 14

Volando el Jumbo 747 en Hawái.
Atravesando el Pacífico en Velero

Y tal como me lo había visualizado, así sucedió. Para eso había que pasar los exámenes médicos de astronauta, tres días completos.

Este avión era el famoso Boeing 747-200 y 300 clásico, de cuatro turbinas y doble piso. Llega a un peso máximo de casi cuatrocientas toneladas. Puede volar hasta dieciséis horas sin hacer escala, dependiendo del peso que traiga. Es el sueño de cada aviador que he conocido.

El adiestramiento era larguísimo, diez meses en Tokio. Le llamábamos a ese entrenamiento "Samurai Fright Training". Además había que adaptarse a la cultura estricta de Japón. Fue muy estresante durante ese periodo, pero valió la pena. Fueron seis meses de adiestramiento en Tokyo para obtener la licencia TPI (Transporte Público Ilimitado) de la JCAB, la autoridad de aviación de Japón. Eran varios temas como reglamentos aéreos, técnica, teoría, procedimientos, simulador, etc. Después hacíamos de tres a cuatro meses de vuelos.

Durante el adiestramiento en vuelo, Operational Experience Training, me tocaba volar con los instructores japoneses más antiguos.

En un vuelo que jamás olvidaré, el capitán Futomi-san fue mi instructor en un vuelo de Honolulu a Fukuoka, Japón. Este vuelo era importante, ya que él era quien me iba a recomendar para el ascenso a Capitán.

Me traía en suspenso la mayor parte del vuelo y no se movió de su asiento por seis horas. Ya no sabía si estaba dormido, muerto o meditando. De repente recobró vida y comenzó a interrogarme con preguntas técnicas. Empezó a estresarse porque la meteorología en Fukuoka se estaba empeorando. Por falta de experiencia reciente, y porque casi ya no volaba debido a que tenía un puesto administrativo, se puso nerviosísimo.

Me hizo varias preguntas técnicas mientras sobrevolábamos el océano Pacífico. Después, enojado, me tumbó de las manos dos veces la carta de navegación. Luego, durante el descenso, soltó una exclamación de Scooby Doo, esa exclamación que hace el perro de la caricatura cuando se confunde o se asusta. Los japoneses hacen eso cuando se sorprenden o espantan por algo. Al mismo tiempo me empujó la mano con una especie de cachetada para apartarla del panel del módulo de control.

Todo sucedió porque se confundió con la configuración y la velocidad del avión mientras giraba hacia el aeropuerto de Fukuoka. Se paniqueó y se transformó de samurái a geisha.

Alzó la voz como geisha cuando escuchó la alarma que avisaba que la aeronave no estaba configurada aún para aterrizar. Yo lo asistía lo mejor que podía sin adelantarme demasiado para no dejarlo en vergüenza.

Pero él no estaba listo para el aterrizaje. Terminó yéndose al aire, o sea, una aproximación fallida, porque no estaba estabilizado. Yo lo asistí como debía, con la aproximación fallida, siempre con cuidado de no adelantarme demasiado para no dejarlo en mal.

Adopté la actitud humilde (casi nada más me faltaba decirle "lo que usted diga, patronsito") y acepté las faltas como si fueran mi culpa, para que él no perdiera cara. Además lo apoyé en todo sin adelantarme demasiado, para que no se sintiera pendejo. Eventualmente aterrizó algo fuerte pero seguro.

Cuando llegamos a la terminal, se quedó callado unos minutos después de haber apagado los motores. Estuvo un par de minutos pensativo y concentrado. Luego recobró vida de nuevo y me dijo que yo y el ingeniero de vuelo procediéramos al hotel porque él se iba a quedar en el avión para hacer una inspección del tren de aterrizaje.

Yo pensé que me iba a culpar de todos los eventos y errores que cometió, pero no. Me recomendó por haberlo asistido y apoyado bien, y por haber tenido buena actitud, buen carácter y humildad. Y gracias a esa recomendación comencé mi adiestramiento para Comandante de Boeing 747.

Volé para Japan Airlines hasta el año 2009. Durante los primeros meses de adiestramiento en Tokio, me llevé a mi hijo Enriko el alemán, conmigo. Al principio le gustaba mucho Japón, pero después de tres meses se comenzó a aburrir, ya que encontraba que la cultura japonesa era muy fría y no podía hacer contacto visual con chicas de su edad, ni mucho menos hacer amistades. Entonces decidimos que lo llevara a México con sus abuelos unos meses, porque él mismo me lo pidió. Había aprendido algo de japonés y ahora quería aprender español.

Cuando me instalé en Honolulu, lo mandé traer de vuelta conmigo, después de haberme llevado mi velero que dejé en San Diego.

Capítulo 15

La travesía del océano Pacífico en velero

Esta segunda travesía del océano Pacífico hacia Hawái fue de 19 días, atravesando el Pacífico de San Diego a la isla de Oahu, en Hawái. Fueron varios meses de preparaciones, reparaciones e instalaciones de equipo. Yo ya tenía varios años de experiencia veleando en este tipo de velero, pero este no sería mi primer cruce de un océano tan enorme.

Recuerdo muy bien la noche antes de salir, vino mi novia Nena a despedirme y pasamos una noche amorosa como despedida en el velero. Ella quería venir conmigo, pero le hice ver que no quería dejar a nuestro hijo huérfano en caso de que nos pasara algo en el mar. (Además, me la imaginé metida en el velero 19 días en el mar, como se convertiría como un gato en una secadora).

Era mi segunda vez haciendo esta trayectoria de 19 días, ya que la primera vez lo había hecho en un Hunter 46 de mi amigo vecino Montree. Le había ayudado a navegar su velero de San Diego a Hawái en el año 2002, que también tardó 19 días las 2,600 millas náuticas.

Pero la primera travesía casi termina en tragedia. Fue en una noche oscura que nos tumbó un cizalleo de vientos verticales fuertes producidos por "squalls" (chubascos). Todo fue un descuido del señor Popeye y su hijo. a él le encargó Montree el barco durante unas horas de guardia de noche. El hijastro de Popeye quería velear rápido y de noche extendió todas las velas y arrancó el motor para ir a 8 nudos en vez de 6 nudos por hora.

Cosa que de noche nunca se debe hacer. Yo traté de convencer a Montree, que eso era peligroso. De noche siempre hay que reducir vela, se le llama "reefing", en caso de chubascos y cizalleo de vientos repentinos, para evitar ser tumbados de lado por la fuerza de las ráfagas. Le expliqué el peligro a Montree, pero no me hizo caso. Era muy terco. Su respuesta fue: "No te preocupes, que ellos saben lo que hacen".

De repente, mientras tres de nosotros estábamos abajo, bajó Popeye al baño y no nos dijo que había dejado el barco solo, pero en piloto automático. De repente, el velero bruscamente se tumbó de lado. Yo supe de inmediato que era lo que temía que podía pasar: ráfagas y cizalleo de vientos fuertes verticales que provienen de nubes tipo "squalls" que pasan sobre el velero. Como una mano invisible enorme, son tan fuertes que acuestan al barco sobre sus lados.

Yo salí como gato, arrastrándome de lado como pude, y solté la soga que sostiene la vela central del boom (es una extensión del mástil, pero horizontal, de donde está sujeta la vela central). Este acto permite que la vela no se llene de agua y minimiza el peligro de que el agua empiece a invadir el barco. Permitiendo, al mismo tiempo, que el peso de la quilla comience a enderezar al velero a su posición normal.

Al hacer esto, la vela no se llenó de agua y se desinfló. Es decir, que los vientos ya no la podían forzar hacia abajo, ya que estaba desplomada. Eventualmente, el barco comenzó a enderezarse por el efecto del peso de la quilla (la quilla no solo produce estabilidad al velero, sino también lastre para mantenerse equilibrado).

Estas acciones y procedimientos de recuperación y corrección fueron lo que salvó al velero de hundirse. De lo contrario, el agua habría comenzado a entrar por la parte trasera de la cabina y se habría hundido ese velero en cuestión de minutos. Nos habría dejado a la deriva, flotando en la lancha inflable, esperando que nos rescataran o que desapareciéramos para siempre en medio del inmenso océano Pacífico, ya que nos encontrábamos a medio camino, alrededor de 1,300 millas náuticas entre Hawái y California.

Pero ahora la vela de frente (genoa) se estaba despedazando con los vientos que la azotaban fuertemente. Los vientos cambiaban de dirección e intensidad, y el barco se sacudía como un barquito de juguete en las olas.

Para entonces, yo había tomado el volante para mantener el timón y apuntar la nariz, o sea, la proa del velero, hacia el viento. Popeye tenía mala vista y no podía ver el compás convencional ni el indicador del viento, así es que perdía la dirección del velero. Comprendí su error, que seguia rumbos indicados por el compás digital. Así es que le dije que yo tomaría el timón y él estuvo de acuerdo.

Al mismo tiempo, Montree y Tim, el hijo de Popeye, tuvieron que irse a gatas por la cubierta, atados a cuerdas de seguridad, para cortar los pedazos de la vela y soga que se estaban enredando por todas partes.

Tardamos media hora en tomar control del barco y, cuando las nubes pasaron, todo se tranquilizó. Analizamos nuestra situación y verificamos que no hubiera daños al mástil y sus componentes. Lo único que se dañó fue el boom vang, que es un soporte del botavara del mástil. Esto fue debido a los golpes que se daba haciendo accidental jibe, al golpearse cada vez que se iba de lado izquierdo a lado derecho. Eso fue también porque Montree, el dueño, no hizo caso de poner líneas o sogas preventivas. Por suerte, nadie de nosotros fue golpeado por el boom. Además, también se rompió a pedazos la vela del frente.

Tuvimos mucha suerte que yo estaba cerca de la entrada cuando sucedió eso. Lla que sabía lo que estaba pasando, incluso que sabía qué hacer para evitar perder el barco y tal vez nuestras vidas. Además, el dueño del velero no había querido comprar una balsa de supervivencia (life raft). Según él, con la lancha dinghy que traía, que era nada más para transportarnos del muelle al barco, sería suficiente en caso de emergencia. Estaba equivocado, claro, esas lanchas de aire no están adecuadas para sobrevivir semanas en alta mar.

Se han de preguntar por qué accedí subirme a ese velero equipado tan pobremente para una travesía de 19 días. De nuevo, mi sentido aventurero y por la necesidad de sentir esa adrenalina que proviene de la acción que da satisfacción. Pero más que nada, quería hacer esa travesía en el velero de alguien más, antes de intentarlo con mi propio velero.

Ya que tomamos control del velero y se calmó todo, nos tomamos una cerveza para calmar los nervios y comentamos sobre lo que había sucedido. Yo miré a Montree y le hice saber que eso precisamente era lo que le advertí que podía pasar. Y esta vez me tomó más en serio. Le pedimos al hijastro de Popeye que no tocara más los controles del barco. Se encabronó el chamaco de 22 años y hizo su berrinche, no salió de su cabina en dos días.

De lo que sí sirvió traer al hijo de Popeye, fue porque era un pescador experto y con sus cañas de pescar logramos llenar las hieleras de mucho pescado, tipo capitán o mahi mahi. De lo contrario, cuando se nos acabó la comida, tal vez el canibalismo pudiera haber sido contemplado. (Bromeando, claro).

Capítulo 16

Segunda Travesía a Hawái en "Tequila" con Tequila en el 2004

Esa experiencia me sirvió cuando inicié mi travesía en mi propio velero. Era un Westsail 42, construido en 1975, y lo bauticé con el nombre de "Tequila". Su construcción era de varias capas de fibra de vidrio, con una longitud de 47 pies de proa a popa, o sea, de la nariz al trasero. Y además este tipo de velero era literalmente a prueba de bala. Yo mismo restauré este velero a un estado original, además de reemplazarle todos los equipos electrónicos: desde el radar, el piloto automático, un GPS nuevo, equipo de rastreo y rescate, y un 'liferaft', balsa de salvavidas para hasta seis pasajeros.

Además, aunque mi velero era más antiguo que el de Montree, era más estable, más fuerte y más adecuado para el alta mar, debido a su construcción más gruesa y por ser de quilla completa en vez de quilla larga y delgada.

Esta travesía de San Diego a Honolulu, de aproximadamente 2600 millas náuticas, nos tomó 19 días también. En un velero, la velocidad promedio es de 5 a 6 nudos por hora. Se debe llevar suficientes alimentos y bebidas, y como regla general, siempre hay que llevar un tercio más de cada cosa, sobre todo agua potable. En la travesía anterior, se nos acabó casi todo lo de comida principal. Mi amigo, el dueño del barco, no planeó bien y me aseguró que tenía todo lo necesario en el barco. Pero no fue así; ni siquiera compró buen café. Llevaba café instantáneo solamente. Pues, a los 12 días de viaje, ya se había terminado casi todo lo básico, excepto que, como habíamos pescado varios peces de buen tamaño los primeros días, estaban bien congelados en la nevera, y comimos arroz y pescado tres veces al día la última semana. A veces, para variar, yo le ponía al arroz algo de peanut butter (crema de cacahuate) para el desayuno y terminaba bajándomelo con café corriente instantáneo, después de que se me atoraba en la garganta.

Por eso, esta vez, para mi propia travesía, planeé bien las cosas. Y compre' del mejor café' gourmet. Aprendí qué es lo que no hay que hacer y cómo hay que planear bien respecto a los alimentos, el combustible, el agua y las bebidas alcohólicas. Como mencioné anteriormente, siempre hay que llevar un 30% más de todo.

Dicen los antiguos marineros que era mala suerte llevar plátanos y mujeres a bordo de una travesía en barco. Probablemente era porque al tirar la cáscara de plátano en el piso, alguien la pisaba y se quebraba el cuello. Y sobre las mujeres, comprendo por qué. En esos tiempos antiguos, la mayoría eran hombres, y muchos con antecedentes criminales. Al ver pocas mujeres, después de varios meses de navegar, se venían matando entre ellos para acostarse con ellas. Además, llevar una mujer a bordo por casi tres semanas, como lo mencioné previamente, es como meter un gato en una secadora. Ya se podrán imaginar eso.

Invité en esta travesía a Popeye de nuevo por su experiencia como mecánico de barco, y porque él había hecho esta travesía cuatro veces. Pero le aclaré que esta vez, como era yo el dueño, yo sería el capitán al mando. Y no lo dejé traerse a su niño hijo Junior, que casi nos hunde el otro barco.

Como tercera persona, invité a Boris, mi amigo alemán de muchos años. No tenía mucha experiencia, pero me rogó que lo invitara, ya que había hecho todos los cursos de navegación y sabía algo de navegar. Pero su experiencia estaba limitada a veleros pequeños en los lagos o ríos de Alemania.

Cruzando a medio mar, nunca se sabe cómo va a reaccionar cada persona después de varios días y muchas desveladas. La fatiga acumulada es lo más pesado y a veces, surge lo mejor y lo peor de la personalidad y el carácter de cada ser humano. Con Boris, el problema fue que era como un niño mimado, y de todo se quejaba. No seguía las reglas de seguridad y dejaba todo tirado de una manera desordenada.

Además, una regla importante era que cuando se salía del área de la cabina hacia afuera, había que asegurarse con un cinturón que se enganchaba a las sogas que corrían de proa a popa (con un *tether*). De esta manera, en caso de una ola gigante repentina, si alguien caía al mar, podía quedar sujeto a esta cuerda de vida y seguridad.

Boris rompía todas las reglas. Salía en su speedo de europeo a tomar el sol acostado sobre la popa del velero, siendo que ya le había dicho que solo lo hiciera, pero sujeto a la cuerda de seguridad, y no hacía eso el huevón.

Decidí enseñarle una lección cuando vi que se aproximaba un *squall* (nubes con ráfagas), mientras él se quedó dormido. Yo y Harry Popeye decidimos esperar que le sacara un susto esa nube. Y así fue: cuando llegó la nube sobre él, soltó unas ráfagas con lluvia fuerte que lo hicieron brincar y arrastrarse como gato hasta meterse al barco, mientras gritaba: "Sheisse, Sheistreck, ¿de dónde llegó eso?". Nos moríamos de la risa de él, hasta que comprendió lo importante que era atarse antes de salir. Y no lo volvió a hacer.

Se quejaba tanto hasta que un día me hartó y me le puse frente a su cara y le dije que ya era muy tarde para hablarle a su mami para que viniera a rescatarlo. Claro que no le gustó que insinuara que era un niño mimado. Primero discutimos, nos gritamos, y estuvimos a punto de agarrarnos a golpes. Pero luego, Popeye se acercó con dos botellas de cerveza y nos dijo de manera cómica: "¿Ya terminaron de pelear nenes?". Nos calmamos y nos disculpamos mientras tomábamos la cerveza tranquilamente. No volvió a suceder algo así después de que tuve unas palabras serias con él.

Hace 500 años, en los tiempos de los navegantes y exploradores, lo hubieran atado del mástil y le hubieran puesto por lo menos 50 latigazos. Qué ganas no me faltaban de hacer eso. Aparte de eso, la pasamos muy alegre, haciendo música con guitarra y bongos y leyendo mucho. Boris se las ingeniaba para hacernos cócteles de fruta y alcohol, ya que se estaba comenzando a echar a perder la fruta fresca que trajimos.

Nos pusimos apodos: a Boris le llamamos "Galley Bitch", a Harry le llamamos "Popcyc", y a mí me pusieron "Captain Bligh". Decían que porque era así de mandón y ojete como el famoso capitán Bligh de la película "Mutiny on the Bounty". Tuve que establecer reglas y disciplina, y les prohibí que tomaran alcohol después de las 8 de la noche. Además, tenían que recoger sus cigarros y botes de cerveza. Se molestaron, pero comprendieron, y una vez hasta mutinaje sugirieron, de broma.

Las noches eran lo más bello de la travesía. Nos tocaba a cada uno tres horas de guardia por la noche. A lo que teníamos que estar atentos más que nada era a los cambios de vientos a causa de nubes que nos pasaban por encima. Pero generalmente se hacían muy pocos ajustes a la dirección del barco y a las velas. Los trade winds o vientos alisios son muy estables y no es necesario hacer ajustes como cuando navegas cerca de las costas.

Era un sentimiento tan pacífico estar solo en la cabina abierta. En las noches, se veían luces luminosas en el agua a veces; también se escuchaba como música distante. Pero a medio Pacífico, no había tierra dentro de 1300 millas de cada lado. La única explicación es que los sonidos de las ciudades de las costas llegaban a la ionosfera y se refractaban y esparcían sobre el mar hasta llegar a largas distancias.

Esos momentos a medio mar del océano Pacífico los igualaba yo a la impresión espiritual que sentía al estar en el desierto del Sahara en la noche cuando viajé por Marruecos en 1984. No sentía miedo, pero sí respeto y admiración por la inmensidad del océano, sintiéndome yo como una minúscula insignificante partícula del universo.

Lo único que casi sí pasó, fue que casi chocamos con un carguero. Íbamos en un rumbo de cruzarnos con un carguero de Watson Shipping Company, los que van cargados de vehículos hacia Hawái.

Lo bueno fue que yo había instalado un radar nuevo con capacidad de detectar tráfico dentro de ciertos rangos de distancia. Yo estaba en mi camarote durmiendo mientras a Boris le tocaban sus tres horas de guardia en la cabina afuera. Eran casi las cinco de la mañana cuando escuché un "beep beep". Salté de mi cama y me asomé a la pantalla del radar. Era una alerta de tráfico cercano a nosotros y en rumbo al cruce con nosotros.

Inmediatamente salí a la cabina y vi que Boris estaba sentado, casi dormido, y con la espalda hacia la parte trasera del velero. Le hablé y le dije que mirara hacia atrás. Y cuando vio el barco contenedor aproximándose hacia nosotros, brincó y gritó: "Sheisse, ¿de dónde salió eso?"

Salí a la cabina y tomé el control, virando inmediatamente el velero hacia la izquierda, luego paralelo al contenedor. Dentro de unos minutos nos pasaba y rebasaba el barco enorme. No quiero imaginarme qué hubiera pasado. Bueno, muy probablemente nos hubiera reventado como un huevo y nos hubiéramos ahogado.

Capítulo 17

Volando en el Medio Oriente, Jordania

De buena casualidad, otro antiguo amigo, el gringo Ron, me ofreció un puesto de capitán de B767 basado en Ammán, Jordania. Él era el manager del equipo para una compañía llamada **Jordan Aviation**. Manejaban vuelos contratados por las Naciones Unidas, transportando a los soldados "gorras azules" de las Naciones Unidas por el mundo. Por lo general, los llevaban a países en el Congo, África, para mantener la paz en la zona, y otros a Haití. También algunos vuelos eran a la Mecca, en Arabia Saudita, llevando a los creyentes a su peregrinación a la Mecca.

=Aunque anteriormente había dicho que jamás volaría en el Medio Oriente, no pude negarme; necesitaba el empleo. Hay que tener cuidado con lo que uno dice. Igual aplica la ley de la atracción al decir algo que no se quiere; las palabras que salen de nuestras bocas se convierten en materia y atraen lo que no queremos.

Me quedé en Jordania casi todo el año 2009. Los vuelos eran muy de aventura y algo peligrosos. Salíamos con las mismas maletas, hasta por dos meses, y con la misma tripulación. Llegábamos a muchos países en conflicto en África, sobre todo en el área del Congo. Recogíamos a los soldados en todas partes, desde Manila, Katmandú, la India, Yakarta, Singapur, hasta Montevideo y Venezuela. También teníamos vuelos a Europa y hacíamos parada técnica en las Islas Azores. En la isla Santa Maria de los Azores, descubri que la siguiente Isla de Falial, el pueblo y puerto se llamaba Horta. Y de allí se supone que mis ancestros Horta, del lado de mi Padre, de allí se originaron.

Uno de mis vuelos que recuerdo mucho fue de Nueva Delhi a Katmandú. Era el día de mi cumpleaños, y yo no sabía que las sobrecargos me habían comprado un pastel antes de salir de Delhi. A medio vuelo, me llamaron para que saliera de la cabina de pilotos, y allí estaban todas con un pastel y una velita. Me cantaron la canción de "Happy Birthday to You", pero en árabe. Fue muy especial.

Pero lo más inolvidable fue el descenso para el aterrizaje en ese aeropuerto. El aeropuerto de Katmandú es uno de los más críticos. Hay muchas montañas en el descenso, y además esa noche había muchas nubes cumulonimbus con muchos relámpagazos. La aproximación a este aeropuerto se considera una de las más peligrosas, ya que también se encuentra cerca de la cordillera de los Himalayas. Pero llegando del sur hacia el norte, es la única llegada, y el descenso en las primeras 15 a 5 millas es a un gradiente de 5 grados, en vez de 3 grados, que sería normal. O sea, el descenso es mucho más empinado, y con mal tiempo y poca visibilidad, se considera más crítico. Lo bueno fue que sobre el área de la aproximación no había nubes cúmulos, solo a los lados de la ruta de descenso. Nuestro radar pintaba de rojo a los lados, y mientras descendíamos, tuvimos una demostración hermosa de **Saint Elmo's Fire**.

Es decir, **fuego de San Telmo**, un fenómeno de plasma luminosa generado por descarga estática que existe entre dos o más nubes. Los relámpagazos de varios colores luminosos sobre la ventanilla del avión fueron un show de la naturaleza que yo consideré mi mejor regalo de cumpleaños. Ya que aterrizamos, nos llevaron al hotel, y desde mi terraza, saqué una botellita de tequila reposado que había guardado para esta ocasión. Mirando hacia las majestuosas montañas de los Himalayas, brindé un salud y agradecí por este cumpleaños tan especial.

Nuestras sobrecargos eran de varias nacionalidades: chicas de Ucrania, Rusia, Marruecos, Siria, Jordania y Egipto. Eran de las más bonitas, escogidas de las que trabajaban en bares o cafés en Ammán. Era muy común hacer amistades profundas, ya que pasábamos hasta 8 semanas volando juntos. Era raro pasarla solo, porque siempre nos uníamos con la tripulación para comer o salir a tomar unas copas. Las pernoctas eran muy variadas, ya fuera en un hotelucho peligroso en África o en el Sheraton, cinco estrellas, en la playa cerca del aeropuerto de Maiquetía, cerca de Caracas.

Los vuelos al Congo, África, eran muy misteriosos y peligrosos. En algunas ciudades donde pernoctábamos, no podíamos salir sin guardias armados, y en otras, no salíamos del hotel para nada. Nuestros pasajeros, los soldados, decían que iban a guardar la paz en caso de conflictos de guerra civil. Pero en realidad, todos sabíamos a lo que iban: a guardar y proteger con su presencia las minas de uranio que abundan en el Congo, para la protección de Estados Unidos. Asegurándose de que no se infiltraran los rusos o los chinos en esa zona. Todos sabemos que el que tiene acceso al uranio y plutonio es el que tiene más poder mundial.

También, a veces hacían trampa usando pesos erróneos para sacar más soldados con su equipaje pesado. En vez de usar 82 kilos por soldado, usaban 75 kilos y no incluían las mochilas pesadas que llevaban sobre sus espaldas. Así que salíamos más pesados de lo debido.

Hubo una ocasión donde, saliendo del aeropuerto de Maiquetía, logramos despegar justo antes del final de la pista. Si hubiera fallado un motor en ese instante, no hubiéramos logrado evitar terminar en el océano Atlántico. Yo escribí varios correos electrónicos a la compañía y al departamento de operaciones, expresando mi preocupación y denunciando el hecho de que se estaban usando los pesos equivocados para cada soldado que sacábamos de allí. Pero no me hicieron caso, les valía madre.

Después de tener estas experiencias desagradables y peligrosas, y por falta de respeto a los derechos humanos, eventualmente tuve que renunciar, porque la compañía abusaba mucho de los tripulantes.

Pero antes, me habían mandado a Damasco, Syria, para hacer los vuelos a la Mecca, de Aleppo y Damasco. Esto sucedió en 2009, antes de que se desatara la guerra en Syria. Las ciudades antiguas hermosas de Damasco y Aleppo aún no habían sido destruidas por la guerra. Aleppo y Damasco tenían unos de los mercados zuks más hermosos y antiguos que jamás había visto.

Llegando a Damasco, al pasar migración, a mí no me dejaban entrar al país y me tuvieron detenido 24 horas en el aeropuerto. Yo creí que la compañía no había tramitado correctamente mi visa para entrar, pero era algo que ver con la política; no querían a los de pasaportes americanos. Esa fue la razón inicial para no dejarme entrar. Hacía poco tiempo que el presidente americano había hecho acusaciones ofensivas de Syria, señalándolos como protectores de terroristas. El oficial de migración me indicó muy fríamente que tenía que esperar toda la noche allí, sobre una banca de metal. Fue cuando se me ocurrió una idea. Les mostré mi pasaporte mexicano y cambió su actitud hacia mí. Ahora me sonrió el oficial, diciendo que éramos casi iguales y me llamó hermano.

Aun así, no me podían dejar entrar hasta que llegara su supervisor a la mañana siguiente. Pero por ser mexicano, los oficiales me trataron bien y me organizaron dormir en la sala del **First Class Lounge** hasta que el supervisor llegó a la mañana siguiente. Luego nos instalaron en un buen hotel en Damasco.

Volábamos ida y vuelta a Arabia Saudita, y a veces mis sobrecargos no dormían lo suficiente. Además, dos de ellas estaban muy engripadas con bronquitis y no les querían dar descanso. Yo intervine por ellas e incluso tuve que demorar un vuelo para que pudiera ser legal el vuelo, o sea, con el descanso mínimo adecuado requerido.

Una de mis sobrecargos, de nombre Hadi, se nos había desmayado en el aeropuerto. Yo la llevé personalmente a una clínica en Damasco. Llamé a la compañía e insistí que la regresaran a descansar y recuperarse a su casa en Ammán. Les dije que yo no iba a operar esos vuelos que no eran legales porque la tripulación estaba enferma y no tenía el descanso adecuado. Y su respuesta era "don't worry Captain, you just fly".

Había otro problemita que fue causado por un primer oficial británico frustrado llamado "El Sapo" (Mike the Frog), porque parecía rana de gordo. Ese tipo no estaba normal en la cabeza, y además de ser feo, se creía guapo y andaba acosando a todas las sobrecargos. Incluso a las chicas syrianas del hotel en Damasco. Fue cuando ellas se quejaron con la compañía que lo mandaron llamar a Ammán para correrlo. Además, era peligroso volar con él.

En una aproximación de noche a Aleppo, hizo algo muy peligroso y le tuve que quitar el avión. Él, de venganza, pensando que había sido yo quien lo reportó (fueron los del hotel de Damasco), hizo acusaciones falsas de mi y mi sobrecargo Hadi, reportando que teníamos una relación amorosa ella y yo.

Pero no llego' a mas, lla que ella nego' esas acusaciones y conmigo no se atrevieron a interrogarme. Pero si generaba una situación peligrosa mientras estábamos en Amman.

El paiz de Jordania tenia un índice muy alto de crímenes por honor. O sea que sus cuatro hermanos de Hadi pudieron haberme acuchillado y no les harían nada. Y todo basado en un chisme de ese cabron ingles gordo llamado La Rana o Sapo. Sin pensarlo dos veces lla estaba arto de la compañía y tome' la oportunidad de renunciar durante la temporada baja.

Capítulo 18

Volando en África, Ethiopía

Fui contratado para volar el Boeing 767s con Ethiopian Airlines, la misma semana que se derrumbó el B737 que despegó de Beirut, Líbano. El contrato era indefinido, pero no pagaban muy bien. Las condiciones consistían en volar 6 semanas y descansar 10 días. Me habían prometido que estaban por cambiarlo a tres semanas por 14 días libres, pero mintieron.

Se me hacía casi imposible ir de Addis Ababa, Ethiopía, hasta Honolulu, Hawáii, y luego a San Diego, ya que nos mudamos. Solamente viajando entre Ethiopía y Hawáii perdía 4 días.

El ambiente fue muy agradable, pero la volada era muy pesada y me sentía tan cansado y fatigado que ya no me sentía seguro. Estaba buscando una manera de renunciar sin que me cobraran penalidad por romper el contrato. Cuando, de repente, se presentó la oportunidad un día que tenía reserva en mi hotel de Addis Ababa.

Me asignaron un vuelo porque un capitán no se presentó, y para agregarle a la fatiga que ya llevaba, tuvimos seis horas de demora en el aeropuerto de Addis Ababa. Finalmente, para las diez de la noche ya estábamos por salir. Pero para hacer la situación peor, el copiloto que me tocaba era un capitán etíope muy antiguo que también habían sacado de su reserva.

Pero yo estaba en el primer vuelo como el piloto al mando, PIC, y eso no le pareció al capitán africano. Había malas vibras desde que llegamos a la cabina.

Cuando arrancamos ambos motores y extendimos flaps, aletas, comenzando a rodar por la plataforma, surgió un mensaje en el EICAS indicando una falla: *rudder ratio*, un control del avión con una falla mecánica en la operación del timón.

Yo le dije al africano que eso era un "no go", y que así no íbamos a poder volar. Él insistió en chequear las listas de emergencia y de equipo mínimo de operación. Le dije que checara y las leyera para cumplir con los estándares de la compañía y para seguirle el juego. Mientras tanto, yo seguía las instrucciones de la torre y rodaba el avión para desalojar la salida de la rampa.

Le comenté al copiloto, que estaba en el asiento de atrás, que llamara a la compañía y les informara que íbamos a regresar, para que nos asignaran un espacio en la plataforma de la rampa.

El capitán etíope se paniqueó de repente, pensando que había pedido permiso para despegar, y comenzó a alterarse, subiendo la voz y extendiendo los brazos con un lenguaje corporal muy agresivo.

Usé mucha diplomacia para calmarlo y le dije que ya en plataforma podríamos hablar. Se encabronó más cuando le dije que tal vez había un malentendido causado por la barrera de lenguaje. Y más se encabronó; pensé por un momento que me iba a tirar un madrazo, pero logré calmarlo.

Entramos de nuevo a la rampa y apagamos motores. Yo me sentía ya agotado y no quería seguir con esta tripulación, con esa vibra tan negativa.

Así que, sospechando que nos íbamos a pasar de horas de jornada, le pregunté al copiloto que checara en el manual de operaciones sobre nuestras horas límites de operación de jornada. Y me confirmó lo que ya sabía, que nos íbamos a pasar y no era legal continuar ese vuelo.

Con mucha cortesía le dije al capitán etíope que no podíamos continuar este vuelo. A lo cual él respondió: "Lo vamos a hacer".

Enseguida, guardé mis pertenencias en mi maletín, me paré y le extendí la mano, diciendo: "Ustedes lo harán, yo no voy a violar un reglamento de jornada. Para eso no me contrataron. Fue un placer y con su permiso."

Pero el etíope me dejó con la mano extendida y ni me miró cuando salí de la cabina. Varios pasajeros africanos, enojados por la demora, también dejaron el avión y me siguieron hacia el transporte de tierra. En ese momento pensaba renunciar, pero todo a su tiempo.

Al día siguiente, fui a la oficina del jefe de pilotos y le expliqué mi versión de los hechos. Estuvo muy atento y me dijo que habría que hacer una junta con ese capitán y llegar a una conclusión de lo que ocurrió.

Para eso, todos sabíamos que ese capitán había estado bajo mucho estrés: de divorcio, bancarrota, fatigado por excesos de vuelos, y esa misma mañana acababa de regresar de un vuelo nocturno. O sea, ese capitán estaba a punto de reventar.

Me admitió el jefe que no podían proceder contra él por ser tan antiguo; su cultura de jerarquía no se los permite. Además, sabía yo que si me quedaba, me iban a programar un vuelo de adiestramiento y me iban a joder hasta el punto de renunciar. Porque así le hacen a los extranjeros.

Fue cuando yo le sugerí al jefe de pilotos que la manera más fácil de solucionar ese asunto era dejándome ir, relevándome de mi contrato por razones de urgencia de situación familiar. Y de esa manera, no hacía falta hacer todos los procedimientos de investigación contra uno de sus propios pilotos antiguos.

Pero antes de todo, me programaron un vuelo final, que me asignaron en el B757, un *line check* en ese tipo de avión, que en realidad fue un vuelo de tortura con otro instructor llamado Johan. Es donde se joden al capitán lo más que pueden durante el vuelo, para acondicionarlo y castigarlo a su manera. Y así fue, jodiéndome todo el vuelo a Bruselas, ese mentado Johan. Tenia fama de transformarse en la cabina ese Capitan.

Antes del vuelo de regreso, que fue de Bruselas a Addis Ababa, tuve unas palabras con Johan. Le hice saber que no importaba cuánto estrés iba a causar, porque yo ya había decidido renunciar al llegar. Y se fue dormido casi todo el vuelo el tal instructor y me dejó en paz.

Y así fue que me dejaron ir sin penalidades en mi contrato. Lo que ellos no sabían era que me esperaban en China para un contrato mucho mejor pagado, el doble de lo que pagaban en Ethiopía.

Recuerdo que antes de irme de allí, le comenté a un amigo que esta aerolínea africana se estaba preparando para otro accidente aéreo.

Y así fue, el Boeing 737 MAX que se estrelló unos años después. Y como el primer accidente, la fatiga fue la causa inicial, tripulación con poca experiencia en ese tipo de avión y también falla de un sistema nuevo de ese tipo de avión, el MCAS, o *Maneuvering Characteristics Augmentation System*. Mucha culpabilidad se le atribuyó a la compañía Boeing. También, otra compañía en Asia llamada Lion Air tuvo un accidente fatal con ese tipo de avión, pero también esa compañía tenía mala reputación respecto al adiestramiento de pilotos.

Los dos accidentes que tuvieron en Ethiopía, estaban directamente relacionados con la fatiga. Vuelan demasiado a los pilotos y mezclan un capitán nuevo con un copiloto nuevo, mala combinación.

Fue una experiencia muy especial, ya que los etíopes son gente muy linda y humilde, pero hay mucha miseria y pobreza en las calles, y eventualmente te comienza a afectar estar rodeado de tanta miseria.

Así que me preparé para una nueva aventura, que esta vez sería detrás de la muralla China, en Shenzhen, China.

Capítulo 19

Volando Dentro del Muro de China

Ahora me habían contratado para volar en el sur de China, volando carga para SF Express, Shun Fung Express. Según los copilotos chinos, le llamaban *Sucks Flying Airlines*. La chamba era volar aviones Boeing 757 de carga.

Lo bueno de este contrato era que después de 20 días volando, me tocaban 10 días de descanso. Me pagaban el viaje de San Diego a Hong Kong y de retorno cada mes.

Yo quería llevarme a la familia porque la compañía me había rentado un condominio lujoso y grande de tres recámaras con vista al mar, mirando hacia los territorios de Hong Kong. También había buenas escuelas internacionales para los niños. Pero mi mujer prefirió estar con su familia en San Diego en lugar de conmigo, y de nuevo me tuve que ir solo. ¿Qué le vamos a hacer si no les importas lo suficiente? Su mensaje era muy claro: "Con que pagues todo no hay problema, vete a donde te plazca."

Por eso suceden muchos divorcios en la aviación. Las mujeres inteligentes no dejan ir a sus maridos solos a vivir a otro país; no dejan de darles atención, cariño y, sobre todo, sus necesidades en la cama. Pero cuando los descuidan, siempre habrá otra mujer más lista, más joven, bella, e inteligente, que se los va a venir bajando. Lo digo por experiencia.

Y una vez más, a la vida de piloto mercenario solitario. Pero no estuve triste porque varios amigos míos que volaban también en China resultaron ser mis vecinos.

En realidad, la pasé padrísimo como soltero. Íbamos a la Salsa seguido con mis cuates Víctor, Luis C., y El Nectár. Siempre había a dónde ir, ya que el ambiente de expatriados era muy internacional. El área donde vivíamos era al sur de Shenzhen, una zona que le llaman Shekou. Es una zona muy verde, limpia y desarrollada a la vida occidental: bares, cafés, restaurantes y Chicken Street, etc.

Vivir en China no es para gente delicada o débil. Lo primero que uno nota es que se enferma seguido del estómago. Pero eso lo solucioné comiendo mucho chile picante rojo. Trozos de ese chile y quedé curado. Mataba cualquier bacteria y, además, purificaba y ayudaba a la digestión. Y si no, completaba mi auto-cura con un par de Jaegermeisters.

Pronto descubrí dónde llegaban buenas olas, en Xi-Chong. Durante la temporada de tifones y monzones, llegaban buenas marejadas y olas de buen tamaño y divertidas. Había un buen grupo de surfistas extranjeros y algunos chinos. Me compré una tabla de surf chica y mandé hacer una de 9 pies con un surfista australiano que vivía en Xi-Chong.

Lo único fue que tardé esperando casi seis meses para la convalidación de mi licencia y la visa de trabajo. Durante ese tiempo, me seguían pagando por hacer nada. Los presioné para que no se pasara de los seis meses, porque si no quedaría sin experiencia de vuelos recientes, y eso podría afectarme en conseguir otro empleo.

Otra razón de la demora era que el comandante de la policía me pedía cartas de buena conducta de cada país donde volé y viví. O sea, una constancia de que no había cometido crímenes en cada uno de esos países. Cosa que hasta esos tiempos había volado para nueve países distintos. Era casi imposible satisfacer ese requisito ridículo. Sobre todo porque más de la mitad de las líneas aéreas donde había volado ya habían desaparecido de la faz de la Tierra.

Así que les comenté a mis jefes que, en ese caso, no me quedaba más que renunciar.

La compañía aérea tuvo que invitar al comandante de policía que nos autorizaba la visa de trabajo. Lo invitaron a una cena en uno de los restaurantes más finos con una botella de whiskey muy fino. Es claramente una mordida, pero en China le llaman "regalos". Así es como se manejan las cosas en China.

Finalmente, comencé a volar, pero con copilotos chinos de 300 horas de experiencia. Eso sí que fue un delirio.

Aunque los copilotos chinos habían sido seleccionados de mil aplicantes, el grupo de 20 eran universitarios, algunos eran niños juniors, por decirlo así, con conexiones. Y el adiestramiento de piloto se los proporcionaron en California, así es que su inglés no estaba tan mal.

Era su actitud de niños arrogantes y privilegiados lo que me encabronaba. Para todo, resongaban, discutían, argumentaban y querían fumar hasta en el baño del avión. Llegué al punto de usar otra técnica un poco diferente con ellos. ¿Ustedes han visto el programa del "Dog Whisperer", el aconsejador de perros, con el mexicano César Milán? Un domador de perros que se ha hecho famoso acondicionando perros y dueños al igual. Pues usé su técnica.

Es donde el les truena los dedos a los perros y hace un sonido "shhhhhht". Con los copilotos chinos utilicé esta técnica y funcionaba. Sin decir palabras, se callaban y no discutían. Eso tuve que hacer con ellos hasta que agarraron la onda y aprendieron de nosotros, los capitanes extranjeros, cómo operar ese Boeing 757 correctamente. Y sin resongar y discutir.

Eran siempre vuelos de noche, nada más dentro de China y Hong Kong. Vuelos cortos, pero noches largas.

El área de control aéreo en China es casi todo militar y muy controlado. Tienen muy poco espacio aéreo para los aviones comerciales y por eso siempre hay demoras saliendo de los aeropuertos mayores. Lo que le llaman *flow control*, control de flujo de tráfico. Normalmente había demoras de una a dos horas a causa de eso.

Una vez, saliendo de Beijing, nos había autorizado el control de tierra cierta hora para empujar el avión. Y nos daban solo cinco minutos para hacerlo. El operador del vehículo que nos empujaba estaba ya conectado al avión, pero estaba bien dormido. Intenté despertarlo con la luz de navegación, pero seguía dormido. Fue cuando se me ocurrió ponerle la luz de rodaje. Lo hice por solo un instante y brincó como conejo asustado el tipo. Salió mentando madres en chino y muy encabronado, se metió a su camioneta y se arrancó manejando. Tuve que cancelar el empuje del avión.

A la media hora llegó otro chino, que era su supervisor. Este sí hablaba bien inglés. Me dijo que su chofer había tenido que ir a la clínica de urgencias porque yo lo había cegado con la luz.

Pero qué marica este tipo, sus sindicatos comunistas los hacen así de chillones y huevones. Claro que tuve que escribir una carta de disculpa a mi jefe de pilotos con una promesa de que esto no se volvería a repetir.

Normalmente, en China castigan a los trabajadores deduciéndoles penalidades del salario, como una multa, y se las deducen del sueldo. Pero a nosotros, los capitanes extranjeros, no nos podían hacer eso. Cuando lo intentaron por primera vez, por habernos reportado enfermos, por ejemplo, marchamos a la oficina del jefe de pilotos todos de nuestro grupo de capitanes extranjeros. Les advertimos que si nos volvían a hacer ese tipo de castigo, renunciaríamos todos de un jalón. Y eso los asustó, porque sin nosotros no podían mover la carga de la compañía.

En China usan metros, no pies para niveles de vuelo. Nosotros tenemos que convertirlo a pies. O sea que puede haber malentendidos porque parece que los controladores tienen dislexia. Dicen los números al revés. Por ejemplo, una vez mi copiloto chino respondió "descender a 4800 metros" en vez de 8400 metros. Esa sí es una receta para un desastre aéreo. Por eso yo los hacía hablar en inglés con el controlador chino, para saber exactamente a qué nivel nos habían mandado. De esta manera, podía asegurarme de que no hubiera errores.

Aun así, me la pasé muy bien en Shenzhen, China.

Aunque fue interesante volar allí, eventualmente la misma rutina comenzó a enfadarme. Era algo aburrido volar con SF Express. No había sentido de aventura ni acción. Siempre lo mismo y mismos destinos. Y los mismos copilotos de siempre con su mismo uniforme y sin maleta de pernoctar. Me comencé a aburrir y, entonces, investigué que Korean Airlines necesitaban Capitanes de Boeing 777.

Capítulo 20

Mi Peor Experiencia Volando para Korean Air

La aerolínea Korean Air ofrecía un contrato para entrada directa como comandante al Boeing 777, con o sin capacidad del B777, mientras se cumpliera la experiencia y las horas mínimas como capitán de equipo pesado. Pues yo cumplía con esos requisitos de sobra, ya que venía con experiencia como capitán de Boeing 747 y B767/757. Así que comencé el proceso para aplicar para ese puesto.

Tuve la entrevista, que duró tres días, en Incheon, Korea del Sur. Un día entero se fue en el examen médico, otro día en estudios psicométricos y la entrevista personal, y otro día completo en el simulador de ese tipo de avión. Luego me dieron una carta de comprobación y aceptación, indicando que había sido contratado para comenzar el adiestramiento con Korean Airlines.

Pero primero tenía que pagarme mi Type Rating, que es la licencia de la capacidad de ese tipo de aeronave. Para eso, fui con el Boeing Training Center en Miami, en sus simuladores de Boeing 777. Me costó 13,000 dólares con otro compañero.

Ya con la licencia de type rating de B777, podía comenzar el adiestramiento con Korean Airlines. Consistía en indoctrinación, cursos de tierra, exámenes para su capacidad de licencia coreana, y más simulador con su Training Center. Todo eso tomó 10 semanas. Eso fue la parte fácil, porque los instructores de tierra y de simulador, la mayoría, eran extranjeros civilizados.

Lo que sí me llamó la atención cuando estaba a punto de firmar el contrato de trabajo fue que, en la parte baja de la hoja, había una cláusula. Especificaba que en caso de muerte de uno o más pasajeros por causas de negligencia del capitán, castigaban con pena de muerte al capitán o una multa de casi un millón de dólares, o cárcel hasta 10 años. También en China había firmado algo parecido.

El contrato consistía en 17 días de trabajo y 13 días de descanso, con el viaje pagado a casa o donde fuera la base de uno. Eso era lo único atractivo de este contrato, ya que existían los rumores de lo problemáticos que eran los coreanos. El promedio de pilotos fallados o reprobados era del 50%. La compañía tenía broncas internas y los instructores antiguos, ex militares, tendían a reprobar a propósito a la mitad de cada grupo de pilotos extranjeros. La compañía Korean Air estaba obligada a tener tripulaciones mezcladas, ya que su reputación como aerolínea segura estaba por los suelos. Algunos países en Europa y América les prohibían usar su espacio aéreo, al menos que tuvieran tripulación mezclada.

Eso sucedió porque habían tenido varios accidentes fatales en los años 80s a 90s. Su cultura basada en jerarquía era parte del problema. Si un capitán coreano hacía un error grave, el copiloto coreano no se atrevía a discutirle y lo dejaba estrellar el avión. Eso pasó muy seguido. Esa era la razón por la cual tenían que contratar capitanes extranjeros con experiencia. Pero el grupo de instructores antiguos coreanos no estaban de acuerdo y reprobaban a la mitad de cada grupo, a propósito, para joderse a la compañía.

Para eso, ya había yo escuchado los malos rumores del índice alto de fallas y reprobados que surgían al final de ese adiestramiento coreano. Al principio, yo no creía que estas historias fueran ciertas, pero como les voy a comentar las experiencias que tuve yo, verán que todos esos rumores sí eran verdad.

La compañía estaba obligada a contratar extranjeros por presión de la Aviación Internacional Civil. Como lo comenté antes, por su falta de adiestramiento propio y su cultura de jerarquía. Estrellaron y mataron a varios cientos de pasajeros en un período de 15 años. Es por eso que varios países ya no los querían dejar entrar en su espacio aéreo. He allí la necesidad de tener pilotos mezclados en la cabina de aviones de Korean Air.

Desde el principio sabía yo que a esos coreanos no se les podía hacer confianza ni creer nada. Parecían muy amables y corteses, pero según me di cuenta, en cuanto se volteaba uno, le encajaban a uno la daga en la espalda.

Los problemas comenzaron cuando comencé el "In-Flight Operational Training" (Adiestramiento en vuelo). Es donde el nuevo capitán vuela con un instructor coreano del lado derecho. A destinos distintos, mostrando que vuela al pie de la ley y siguiendo sus procedimientos, tal como lo dicta su manual de operaciones.

Desde el primer vuelo que hicimos a París, noté algo que me dijo ese instructor: "Ya puedo ver que no vas a pasar este adiestramiento". Me sorprendió su comentario negativo, ya que yo venía con mucha experiencia como comandante de Boeing pesado desde varios años atrás. Creo que se enojó porque yo acepté un cambio de pista que nos asignaron los controladores de París. A los coreanos no les gustan los cambios, se confunden. Ellos nada más están acostumbrados a seguir una raya blanca imaginaria. Un cambio así los saca de su área de confort.

También, desde el principio creo que la regué haciendo un comentario estúpido cuando me enseñó la foto de una niña mientras hablábamos de nuestras familias. Yo inocentemente le pregunté si era su nieta. Es que él aparentaba mucho más viejo de su edad. Y me miró con sus ojos de navaja y contestó fríamente que era su hija. ¡Uta madre! La regué… ya era demasiado tarde y me disculpé y expliqué que eso es lo que quise decir. Pero esa fue la primera piedra en mi tumba.

Por eso, cuando me hizo ese comentario, me tomó de sorpresa. Al cual le respondí que apenas era la primera pierna que hacíamos, y nos faltaban 10 más. Y le aseguré que yo estaba allí para pasar y completar bien ese adiestramiento.

De allí en adelante, siempre había vibra negativa entre él y yo. No importara lo que hiciera, él buscaba maneras de criticar y reportar, por pendejaditas que no eran serias. Incluso, una vez me regañó porque acepté un cambio de nivel de dos mil pies arriba, porque había menos turbulencia y, además, era un nivel de vuelo más económico.

Pues la hizo de jamón porque argumentó que teníamos que quedarnos al nivel que el plan de vuelo dictaba, aunque estuviéramos en turbulencia o nubes, y gastando más combustible. Así de brutos eran.

Cuando le insistí que pidiera al control aéreo un nivel dos mil pies más alto, lo pidió y, llegando a ese nivel, fue un vuelo más placentero, sin turbulencia. ¡Hasta logramos ahorrar algo de combustible! Pero él perdió cara, o sea, quedó mal y eso les duele su orgullo y ego. En otra ocasión, mientras estaba a punto de aterrizar en Incheon, yo ya estaba volando manual y pasábamos apenas 500 pies de elevación. La lluvia aumentó y yo le pedí que me seleccionara los limpia parabrisas. Le dije, "Windshield wipers to intermediate, please." Y me ignoró. Así que se lo ordené otra vez y esta vez sí lo hizo.

Pero después del vuelo, me reportó y me dijo que no sabía el procedimiento del uso de limpia parabrisas. En el resto del mundo, el PM, que es el piloto monitoreando, debe hacer lo que el piloto volando le pida.

Pero el argumento de él era que yo lo distraía de hacer sus deberes. El cual, según él, sus deberes en ese momento eran monitorear los instrumentos. ¡Es que así de ridículos son estos coreanos!

En los comentarios después del vuelo, agregó que era yo algo arrogante y que le pedía mucho y lo hacía trabajar mucho. Esto es una idiotez en cualquier otra línea aérea, porque el copiloto no volando, además de estar monitoreando afuera, debe asistir al capitán que va volando, y apoyarlo en lo que le pida.

Mis cuates mexicanos de ExTaesa, que ya tenían volando allí varios años, no pasaron por lo que yo estaba pasando porque entraron en otra era 15 años atrás.

Me dio' la impresión que a mis cuates les preocupaba mas como iban a verse ellos si uno del grupo Mexicano fallara el adiestramiento. Pero yo escuchaba sus consejos y recomendaciones, y me recomendaron que le pidiera todo con mucha cortesía y pidiendo su opinión antes de hacer decisiones.

Siendo que era yo el capitán al mando en casi todos esos vuelos, comencé a aplicar esa técnica con más diplomacia para hacerlo sentir como la gran cosa.

Pero eso tampoco ayudó la situación porque, después, le comentó al intérprete que yo le preguntaba mucho su opinión. ¡O que pues, lla no sabia que tipo de sicologia usar con este tipo.

Pues ahora volví a actuar más firme y decidido en mis decisiones. Ahora él ya no resongaba ni alzaba la voz. Nada más se convirtió en el asesino silencioso. Con la pluma, haciendo reportes, se inventaba errores o críticas y yo no le discutía, para no agraviar la situación.

Este tipo, que además se parecía a Mr. Spock del mundo asiático con orejas de ratón, era obvio que estaba decidido a no dejarme pasar, porque no importaba lo que hiciera, ese hijo de su madre no iba a pasarme.

Capítulo 21

Volando En El Paraíso De Las Islas Maldivas Y Tailandia

La situación llego a su peor momento cuando el instructor neurotico Mr Spock me empujo' la mano con agresion del MCP mode control panel de repente cuando estaba yo volando. Estábamos comenzando la aproximación a Incheon Korea y en un cambio de instrucciones del control aéreo no le gusto' que cambie' de modo de decenso a Flight Level Change, cuando me pidieron que continuara el decenso a otro nivel mas bajo. Cuando me grito' y empujo' la mano senti' su agresión y falta de respeto.

Allí si que no se la perdone'. Con el dedo apuntándole hacia su cara le levante' la voz diciéndole, "no me vuelva a tocar, eso no es profesional". Yo sabia que ese acto iba a ser el ultimo clavo en mi ataud pero lla no me importaba. Su venganza fue' que no me quizo recomendar para el Recommend fllight pre Checkride.

Para eso daban una segunda oportunidad con otro instructor. El segundo instructor era todo un caballero, cortez y con buen ingles. Después de un vuelo mas con el me dijo que el si me recomendaba para el Recommend flight. En dos días se programo ese vuelo que seria de Incheon a Tokyo Narita.

Pero para mi desgradable sorpresa, venia de observador el Jefe de Pilotos, que era amigaso del neurotico Mr Spock. Eso me olio' mal y me prepare' para lo inevitable. Lla en vuelo todo iba bien hasta que Tokyo control nos dio' la instrucción de decender a 32000 pies, o sea Nivel 320. Lo confirme' con ellos y estuvieron de acuerdo todos.

Pero al estar casi pasando los 33000 pies observe' en TCAS, radar que detecta otros traficos, que venia otro avión en nuestra dirección a 32000 pies. Inmediatamente Tokyo control reacciono' a su error y nos ordenaron mantener nivel 330.

La aeronave estaba a punto de pasar nivel 330 y aunque presione' Altitude Hold, era obvio que pasaría debajo de 330, debido al momento y la inercia. Tome control de la situación y desconecte' el piloto automático para nivelarlo a 33000 pies con mas precisión. El cual lo hice con suavedad y efectividad.

Fue' cuando se paniquearon los Koreanos, gritando, "Noooo, no desconectes el piloto automático" . lla que me nivele' a 330 volvi' a engarzar el piloto automático y les dije, que era necesario desconectar para nivelarlo mas efectivamente y evitar una violación de RVSM (separación vertical mínima) y un TCAS RA (alerta de otro trafico muy vicino al nuestro).

Me contesto' el jefe de pilotos, "a nosotros no nos importa violaciones, no desconectamos el piloto automático a niveles altos, usted sabe porque". Le conteste' que lla se porque',queriendo decir que ellos eran muy bruscos con el avión y se sabia que habían causado heridas a pasajeros al volar manual. No recuerdo sus nombres pero creo que sonaban algo así, Capt We too low, Capt Holi Fak, o Capt Samtin Wong.. (broma).

Pues al llegar al debrief lla en tierra, me hicieron esperar una hora mientras discutían los dos Koreanos. Luego salio' el instructor cabisbajo y me dijo, como odiaba su trabajo, que el jefe de pilotos le había ordenado que no me pasara. Y debía seguir sus ordenes, pero que aun me quedaba otra oportunidad. Pero yo lla no quería porque lla estaba arto de tanta estupidez y abuso sicologico de estos koreanos. Pedí mi vuelo de regreso y renuncie' a esa Aerolinea Infernal.

Me habían informado que habían iniciado una aerolínea llamada Mega Maldives, basada en las Islas Maldivas. El director de operaciones, de nombre Steve Monson, era un antiguo amigo mío que había sido mi jefe de operaciones en Ammán, Jordania. Cuando hablé con él y le conté mi experiencia desagradable que tuve con Korean Air, me dijo que no me preocupara y que ya estaba contratado como Capitán de Boeing 767 con ellos.

Varios otros amigos míos de Jordan Aviation también estaban volando ahí, así es que fue muy agradable mudarme ahí.

Los vuelos eran generalmente a China y a Korea del Sur nada más, pero con pernoctas hasta de seis días en Incheon, Korea; Chengdu, Guangzhou y Hong Kong. De tantas veces visitando los Chengdu Pandas casi me podía comunicar con ellos, y Hong Kong ya me lo conocía como la palma de mi mano. Korea, que ni se diga, me dejó un sabor amargo en la lengua.

Los chinos son muy distintos a los japoneses, todo lo opuesto más bien. Nada de cortesía, educación o buenos modales. Son prácticamente como son, ya sea buenas personas o salvajes, y peor si se creen que son de dinero.

Algo típico que sucedía era que cuando había alguna demora por cualquier razón, o por mal tiempo en el aeropuerto de destino, siempre había problemas con ellos. Se armaban de valor y agallas entre ellos y en grupos tomaban posesión del avión o de la tripulación. No les permitían salir del avión y exigían que se les pagara una cantidad por su inconveniencia sufrida.

En cualquier parte del mundo una situación así se puede categorizar como un hijack, un secuestro de avión, y sería muy mal visto y prohibido por las autoridades aeroportuarias. Pero en China no existía una ley de protección a los tripulantes que son agredidos por pasajeros. Por eso la policía y seguridad del aeropuerto no intervenía. La única manera de solucionar estos problemas era que la aerolínea les pagara a cada pasajero una suma de dinero que ellos exigían.

En México ya saben cómo se solucionaría un problema así, el ejemplo que comenté anteriormente cuando tuvimos un pasajero agresivo en Aviacsa. Simplemente había que avisar por radio a las autoridades y los Federales se encargaban de ellos, acomodándoles una buena putiza al llegar.

En China lo que yo hice una vez fue que, cuando quedaban un número de pasajeros alrededor de 20 que se negaban a salir o dejarnos abordar a los nuevos pasajeros, los convencí de una manera pacífica. Yo acababa de tomar posesión del avión ya que la tripulación que los trajo ya había logrado salir.

Pues esos 20 rebeldes exigían que se les pagara una buena cantidad para dejar el avión. Entonces se me ocurrió una idea. Tomé el micrófono y con la traductora les hice saber que eran bienvenidos a quedarse para otras ocho horas de vuelo de regreso a Maldivas, y que al llegar no tendrían la visa necesaria ni hoteles, y que lo más probable sería que fueran arrestados al llegar ahí.

Se miraron los unos a los otros y discutieron algo, y de repente juntaron sus maletas y dejaron el avión. La astucia mexicana contra la china no tenía madre.

Las Islas Maldivas son unas islas muy aisladas del mundo asiatico y para viajar a México o California había que cruzar prácticamente medio planeta. No era fácil venir a casa a San Diego, California desde ahí. Cada dos meses hacía esa trayectoria pero perdía hasta 48 horas en el viaje.

Normalmente tomaba un vuelo de Los Ángeles a Hawái o Manila y de ahí a Shanghái, China. Ya de ahí con mi compañía directo a Malé, Maldivas.

Tenían dos Boeing 767 y un B757. Las rutas eran a varias ciudades chinas y a Corea del Sur transportando turistas a las Islas Maldivas.

Así es que después de recuperarme en casa unas semanas, hice mis maletas de nuevo y me dirigí a Malé de las Islas Maldivas.

Es una cadena de islas de atolones de aproximadamente un total cerca a los 1200, al suroeste de la India y Sri Lanka. Los habitantes son parecidos a hindús y de Sri Lanka. Hablan un lenguaje llamado Dhivehi y son de aspecto oscuro pero bien parecidos con cabellos largos rizados. Amables, pero no tan sociables como los caribeños o latinos.

La principal isla de Malé es la más poblada y por cada ciudadano existe una moto ruidosa. Se puede caminar alrededor de la isla en cuatro horas y en realidad no hay mucho que hacer, más que salir a tomar un café o jugos al lado del mar y disfrutar la hermosa vista del Océano Índico.

La alimentación es buena, basada en mucho pescado y vegetales.

No se permitía alcohol, carne de puerco ni perros. La única playa que había en la capital Malé estaba al sureste de la isla y era prohibido andar en bikini.

Pero era fácil salir de la isla en lancha o barco Dohni local. Había lanchas rápidas al aeropuerto o al bar del hotel en la isla próxima.

Los extranjeros frecuentábamos el Hulemale H & H Hotel de la siguiente isla porque además de una piscina grande y bar, había un restaurante y muy buen ambiente. Varias de las trabajadoras de los resorts iban ahí en su día de descanso, a tomar alcohol, broncearse y conocer a otros expatriados.

Muchas chicas de varios orígenes que trabajaban como hostess o traductoras provenían de Rusia o Ucrania y varios otros países como Uzbekistán. Era el escape de varios extranjeros que trabajaban en los resorts o en la aerolínea y seguido la pasábamos ahí.

También como diversión, cuando habíamos varios tripulantes en descanso, organizábamos un barco safari, o sea un yate de 80 a 100 pies que en temporada baja se anclaban en la laguna de la isla del aeropuerto.

Pagábamos una cantidad pequeña por hacer fiesta en el barco. Uno de estos yates era de mi amigo surfista Andrés el español. Estaban equipados con bar y bebidas alcohólicas y algunos hasta disco tenían.

Nos llevábamos nuestras sobrecargos y hacíamos fiesta en el barco toda la noche. Ya alegres con unas copas nos agarrábamos brincando al océano desde la cabina más alta del barco.

Ahí nada era prohibido ya que no era controlado con sus leyes estrictas.

Antes de buscar un apartamento donde vivir investigué si había puntos buenos para surfear, y había uno solo llamado Ralhugandu, en la punta sureste de la isla. Ahí, en esa esquina de la isla conseguí un apartamento con una hermosa vista de 180 grados del Océano Índico.

Muy buen sitio con buenas olas, pero rompía sobre corales y erizos del mar. Seguido pisé un erizo o dos y me raspé las pompis al caer sobre los corales, pero valía la pena surfear ahí. También en las otras islas había varios puntos excelentes para surfear.

El buceo fue uno de los más hermosos que he visto. La vida marina era muy vasta con manta rayas gigantes, muchos peces de todos tipos y colores y tiburones no agresivos.

También practiqué ahí el kite surfing cuando no había olas.

Para una persona como yo, con hobbies de deportes de agua, era un paraíso, pero para los que no tenían atracción al mar era aburrido.

Yo exploraba varias de las otras islas también y encontraba lugares tan hermosos que es difícil describirlos.

En una de mis escapadas a la piscina del hotel H & H conocí a una uzbeka–rusa muy bella, 20 años más joven que yo. Había estado separado y aislado un buen tiempo yo y parece que ella también en el resort donde trabajaba...

Fue' como amor y pasión a primera vista y termino' mudándose conmigo por casi un año. Un hombre no puede estar solo mucho tiempo, y hasta a los perritos les gusta que los acaricien de vez en cuando. Esa es y sigue siendo mi excusa.

Durante la temporada baja no teníamos muchos vuelos y me contrataron en Asia Atlantic Airlines de Banghkok, como instructor de Boeing767. Me lleve a Vicky la Rusa conmigo y nos mudamos en un apartamento amueblado en Zukumvit y Soi 8.

Todo iba bien hasta que la Rusita comenzo' a mostrar sus cualidades de caza tesoros, pidiendo y exigiendo mas y mas.

Por cada mujer bella hay un hombre que quiere deshacerse de ella, y el día que lo logre' librarme de ella fue' un relevo mental. Me estaba presionando que me divorciara y me casara con ella para tener hijos. Pero sus actitudes se mostraban muy agresivas, sobre todo el día que me lanzo' una taza de café' hacia mi cabeza. El cual logre' evitar el golpe. Lla no podía relajarme con ella y el estress era muy pesado.

Así es que cuando me contrataron con Etihad en Emiratos Arabes, use' de excusa que lla no me la podía llevar conmigo. Se aguito' algo pero comprendio' y nos separamos en buenos términos.

Capítulo 22

Volando En Emiratos Arabes.

Despues de prometerle a mi mujer que me portaria bien si vivieramos juntos otra vez, los convenci' y nos mudamos todos a Abu Dhabi. Solo de esta manera nos podiamos entender y llevarnos mejor. Lla que alejandose de su familia invasora que la llenaban de malas ideas y consejos, era cuando ella podia ser si misma conmigo.

Fue la mejor decision que pude haber hecho, para volver a tener el nucleo familiar y a mis hijitos cerca de mi. A todos nos gusto' vivir en Abu Dhabi lla que la vida alli es muy placentera, con excepcion del calor intenso durante 4 meses del anno.

La cultura arabe Emirati de este paiz es mas adaptable que otros paizes arabes, lla que han aceptado muchas libertades occidentales. Son muy educados y cortezes, y siempre su ropaje blanco esta impecablemente limpio. Las mujeres de negro, cubiertas hasta la cabeza, aceptan su posicion y costumbres como mujeres.

Claro que las mujeres no tienen los mismos derechos que en paizes occidentales, pero cada vez se han hecho mas abiertos. Cabe decir que las extrangeras no tienen que vestirse cubiertas hasta la cabeza, solo deben respetar y no vestirse muy provocativas. Tambien permiten bikinis o tangas pero solo en el area de playa o picinas privadas. Dubai es mas liberal que Abudhabi y tiene mejores playas.

A mi mujer le gusto' mucho vivir alli lla que tenia su grupo de amigas esposas de otros pilotos. Seguido se unian la "UVA", o sea, Union de Viejas Arguenderas. Era una ciudad muy segura, y los ninnos siempre estaban protegidos, mientras no te agarraran borracho en via publica o, peor, con la menor cantidad de alcohol y conduciendo. Los ninnos se adaptaron muy bien tambien.

El primer anno vivimos en un apartamento grande y amueblado, enseguida de las Torres Gemelas en Abu Dhabi, pero nos gusto' mas despues en Rihan Heights, enseguida del Zayed Sports Center, con mucha area abierta y campos verdes donde los ninnos podian jugar futbol. Tambien alli estaban viviendo varios amigos mios de ex-TAESA, y seguido nos reuniamos al cafesito Costa con el Capi Miguel, el Pablo y varios otros.

Los ultimos tres annos nos mudamos a Al Muneera, una area con su propia playa y varios malecones con muchos cafe's y restaurantes. Ademas teniamos la vista al mar muy bella, casi enfrente de Yas Island que es donde esta' el Ferrari World.

Me contrataron como Comandante de Boeing 777, y al anno me ofrecieron el Boeing 787, ahora volaba los dos equipos regularmente. Tenia muchos dias libres entre los vuelos y alli pude' disfrutar de nuevo a la familia.

Los vuelos que me tocaban era por todo el mundo: a Estados Unidos, Canada, Australia, Brazil, Africa, Asia, China, Japon, todo Europa y la India. Normalmente lo mas que salia fuera eran maximo 4 dias, y entre los vuelos largos descansaba minimo 4 dias. Por lo general volaba de 80 a 85 horas y aun asi no volaba mas de cinco viajes por mes. Eso me garantizaba hasta 14 dias libres por mes.

Los vuelos mas largos que teniamos eran hasta de 16 horas sin escalas, de Abu Dhabi a Los Angeles o San Francisco, con 48 horas de pernocta; o de Abu Dhabi a Melbourne o Sydney de 14 horas. Con doble tripulacion, o sea, con cuatro pilotos. Nos turnabamos volando y descansando la mitad del vuelo.

Habiamos un grupo grande de pilotos Mexicanos volando para Etihad, muchos de ex Mexicana y varios de TAESA y otras lineas. Ahora si nos hablabamos con los de Mexicana y lla no eran de sangrones como en los annos 90s, cuando nos veian con despecho porque volabamos para Aviacsa o TAESA. Ahora nosotros los ex Taesas estabamos en mejor equipo Boeing y posicion que algunos de ellos. Sin duda que en la vida todo da vueltas.

Comparando Etihad con Emirates, la gran diferencia era que en Etihad teniamos mejor vida, porque segun me contaban los de Emirates, que los hacian volar demasiado y descansaban pocos dias en casa. Ademas que el ambiente en Etihad era mas relajado.

Fue' muy bien pagado, lla que la renta de nuestro apartamento y la escuela internacional de los ninnos estaba pagada por la compannia Etihad. Una renta de un condominio como el nuestro de cuatro habitaciones con vista al mar, andaba alrededor de cinco mil dolares al mes, y Etihad pagaba esa cantidad como Rent Allowance, ademas de mas de mil docientos dolares por mes de cada ninno en la escuela internacional.

Nuestras sobrecargos, por lo general mas mujeres que hombres, eran muy huapas y casi muchas con estudios universitarios y de paizes distintos. Provenian de Europa y mas de Europa del Este: Romania, Serbia, Montenegro, Croatia, Rusia, Polonia, Ukrania, ademas algunas de Marruecos, de Egipto y de paizes asiaticos.

Eso si, tambien hubieron varios divorcios. Escuche y sabia de casos de amorios que pasaban en pernoctas, pero como decian: "Lo que pasa en una pernocta, se queda en la pernocta".

Tambien se podia divertir uno, porque aun en los meses del calor hay suficientes lugares a donde ir, y todo esta con aire acondicionado. Los centros comerciales como el Dubai Mall son unos de los mas grandes del mundo. Son como una ciudad pequenna donde puedes hacer todo, desde deporte, compras, cinema, salir a cenar, etc.

Durante el verano las familias se regresaban a sus paizes y uno se quedaba volando. Mi familia se iban a pasar los dos meses lla sea a San Diego, California o a Mexico. Yo en mis dias libres aprovechaba a hacer viajes de aventura o deporte. Cada vez escogia destinos distintos para surfear o bucear, por ejemplo a Bali, Indonesia; Mauritius; Seychelles; Sri Lanka; Thailandia; Lebanon, etc.

Tambien con la familia entera fuimos a varios paizes dos veces al anno, a ciudades europeas como Paris, Roma, Madrid, Lisboa. Tambien a Grecia, Turquia, Thailandia, Sri Lanka, Egypto, etc.

Tambien teniamos un grupo de sobrecargos surfistas, la mayoria mujeres sobrecargos. Le llamabamos Etihad Surf and Skaters Club. Nos avisabamos por Whatsup cuando habia olas en Dubai. Increible pero cierto que si llegaban marejadas creadas por vientos fuertes que se originaban en el Golfo. Estos creaban oleaje de dos a cinco pies aveces. Sucedia tal vez dos veces por mes y quien no estuviera volando se apuntaban, y normalmente nos íbamos hasta cuatro en un solo carro. Normalmente era yo el que manejaba.

Es solo una hora de camino a Dubai Sunset Beach, esta' enseguida del Burj Al Arab. Despues de surfear nos quedabamos al cafe' a desayunar por Jumairah Beach.

De vez en cuando llegaba una buena marejada que provenia del Oceano Indico, que empujaba olas hasta de ocho pies hacia la parte sur este del paiz, el area llamada Fujairah. El ultimo anno que estuve alli fuimos mi amigo surfo Felix de Emirates y yo. Dos a tres horas de camino para llegar alli, pero valio' la pena la surfeada.

Capítulo 23

La plandemia creada. Covid 19 y sus efectos.

Lla llevabamos 6 annos viviendo alli cuando se solto el virus Covid 19. La plandemia con la que nos engannaron y controlaron. Hubieron reglas y medidas de seguridad muy exageradas y estupidas. Pero ahora sabemos que la agenda principal de los gobiernos fue' obligarnos a vacunarnos con quien sabe que venenos. Fue' el peor enganno que nos pudieron haber hecho.

Fue' una etapa dificil seguir volando durante las restricciones y reglas ridiculas del Covid. Cada vez que regresabamos de vuelo teniamos que someternos a doble prueba por la nariz, parecia que nos picaban hasta llegarle al cerebro las enfermeras en el aeropuerto, hasta que nos sacaban lagrimas. Y no nos dejaban irnos a casa, nos llevaban directo a apartamentos de Etihad designados para tripulantes, disque para evitar contagiar a nuestras familias.

Algunos duraban hasta seis semanas sin ver a sus familias. Pero yo me las ingeniaba y, con mascarilla y gorra, me salia por el estacionamiento del sotano, en mi bicicleta me iba a 10 minutos de camino a ver a mi familia. O ellos venian a un parque cerca de alli para vernos. Mientras no llevara' mi telefono conmigo, no podian saber donde estaba yo.

A unos companneros que se fueron a beber unas cervezas, los agarraron y multaron el equivalente de 18,000 dolares, ademas de despedirlos. Y claro que a todos, mas pronto que tarde, nos dio' Covid hasta dos veces. Que yo, siendo asimptomatico, me lo pase' por los cuernos porque con unos tequilas no sentia nada.

Esta' plandemia, no pandemia, fue' la gran mentira del siglo. La agenda obscura que traian los gobiernos era someternos a la vacuna para reducir la poblacion un 15%. Primero injectaron el miedo por medio de los medios de comunicacion. Cada vez en las pantallas de television, que tantos muertos y mas muertos, y la gente como ovejas asustadas se dejaron llevar y convencer. Por desgracia, la mayoria de la poblacion son ovejas que se dejan acorralar por el perro facilmente.

Muchos de los ancianos que murieron durante el inicio de la pandemia en el norte de Italia y Espanna, lla estaban en sus dias finales de algunas otras complicaciones serias. Esa parte de Europa es donde se van a jubilar muchos ancianos. Pues con razon iniciaron el panico de la pandemia alli. Lla se estaban muriendo de algo, y se les achacaba que fue' de Covid porque necesitaban gente muriendose para iniciar su campanna de panico del Covid. Fue' un plan estrategico con mala manna. El peor virus mas peligroso fue' el panico que sembraron.

De esta manera mataron a tres pajaros de una pedrada. Librarse de un gran numero de ancianos, que lla no tendrian que sostener economicamente. Obligar a las poblaciones a vacunarse con venenos nuevos, de esa manera reduciendo mas la poblacion y posiblemente esterilizando al resto de la poblacion. Ademas de los miles de ancianos y jovenes que morian de los efectos secundarios de la vacuna. Y todo esto mientras se llenaban los bolsillos las empresas que producian las vacunas. Tipos como Bill Gates y governantes que accedieron a este chantaje deberian ser linchados y castrados.

Fue' una estrategia antigua que usaron los gobiernos, que lla se ha usado en el pasado por otros gobiernos. Primero viene el miedo, luego la enfermedad, luego la amenaza economica y luego lla debilitados, convencidos que se pueden morir, llegan con la vacuna magica disque para salvarles la vida. Y la mayoria como borregos, beeee, beeee, beeee.

Como ejemplo, hay una historia verdadera de como el lider ruso Stalin inicio' y convencio' a millones de las poblaciones rusas y ukranianas a aceptar el socialismo. Mientras planteaba el plan a sus generales, ellos le reguntaron, "Como piensas convencer a millones de personas de tu ideologia socialista"?

Y el respondio, "Observen este ejemplo"… tomo' una gallina viva y comenzo' a arrancarle las plumas una por una. La gallina gritaba y se agitaba de dolor y miedo. Luego tomo' un punno de migajas de pan y comenzo' a alimentar a la gallina. La gallina lo comenzo' a seguir mientras le interesaba mas comer que el dolor que habia sentido.

Stalin entonces les sennalo' a sus generales que observaban lo que la gallina hacia, y agrego', "De esta manera voy a convencer a millones de ciudadanos. Primero con miedo, luego dolor, luego hambre y al final unas migajas. Y lla debiles, con miedo y hambre, por unas migajas obedeceran a lo que uno les oblige. Y asi le hizo.

Mato' millones de rusos y ukranianos de hambre privandoles

de el trigo, introduciendo el miedo y despues unos punnos de migajas. De esta manera obligandolos a obedecer y seguir la nueva norma del comunismo.

Comparen esta analogia con los eventos de la pandemia del Covid y veran que tiene mucho sentido.

Pues para que sepan, yo no me vacune'. Y segui' volando por todo el mundo sin complicaciones. Sin embargo, yo se' de varios conocidos que despues de vacunarse tuvieron muchos tipos de complicaciones. Y esperen unos annos mas las nuevas enfermedades que surgiran a causa de la maldita vacuna. Y se supone que esta plandemia fue' solo una prueba, esperen a ver que se nos viene en unos annos mas.

Recuerden que del pasado podemos aprender a prepararnos para el futuro. Esta experiencia del Covid nos ha puesto en un nivel de alerta y nos inspirara' a prepararnos mejor para lo que se venga. Tal vez debemos comenzar a aprender a vivir como nuestros ancestros. Cultivar nuestros propios alimentos, tener una huerta, unos animalitos, aprender a cazar, pescar y poner trampas. Tambien coleccionar y purificar agua. La proxima plandemia no va a ser tan facil someternos a sus reglas locas. Estaremos mejor preparados.

Debido al Covid, la mayoria de los vuelos comerciales se cancelaron y Etihad Airlines se vieron obligados a despedir a la mayoria de los pilotos extranjeros. En una semana despidieron 600 pilotos. Y me toco' a mi tambien. En realidad, yo lla queria irme de alli. Les habia prometido a los ninnos que solo estariamos cinco annos.

Mientras tanto, en el grupo de latinas de mi mujer,

conocieron a una artista pintora muy conocida de Guanajuato. Ella habia sido invitada a exponer su hermoso arte y pinturas por los Emirates Arabes. Zagnite, le llamabamos Zagi, fue' una gran ayuda emocional para mi mujer y mi hija durante la plandemia del Covid. Ademas de ser una persona muy agradable y inteligente era huapa.

Ella quedo' atrapada en el paiz y nosotros le dimos alojamiento varios meses. Mientras yo estaba aislado despues de cada vuelo, ellas se apollaban mutuamente y hasta inspiro' en la pintura a mi hija y mujer. Tambien, cuando nos quedamos en Mexico, se quedo' Zagi a cargo de nuestro apartamento en Abu Dhabi, hasta que pudimos volver nadamas yo y mi mujer para vender, empacar y mandar todas nuestras propiedades por contenedor a California. Todo pagado por la compannia Etihad.

Asi es que cuando esta aventura llego a su fin, no fue' tan doloroso como lo fue' cuando nos fuimos de Hawaii. Para mi mujer y hijos si fue' algo dificil porque lla no pudieron despedirse de sus amistades y colegas.

Lo que si fue' desagradable fue' de la manera que la compannia manejo' los despidos. Me mandaron el aviso de termino de empleo cuando estabamos de vacaciones por un mes en Mexico. Y no pude regresar a Abudhabi hasta dos meses despues, pero si nos pagaron una indemnizacion y varios meses de salario que al final no me fue' mal.

Fue' un cambio repentino para la familia, porque no les dio' tiempo de despedirse de todos sus amigos. Lo bueno fue' que lla teniamos nuestra casa en Ciudad Guzman, Jalisco, lista y amueblada. Y sobre todo en esta ciudad y area del bosque ecologico tan bonito.

Fue' facil adaptarnos de nuevo a Mexico lla que ahora si podiamos vivir libremente como se vive en Mexico.

Nos quedamos en Jalisco un anno, hasta que nos pudimos mudar a nuestra casa de San Diego. Yo lla estaba decidido que no queria volar mas. Pero un buen amigo antiguo, Mario el venezolano, me recomendo' para un trabajo como capitan de Boeing 747-400. La reina de los cielos, no podia decir que no. Me quedaban cinco annos mas de vida de piloto.

Lo bueno era que esta linea aerea no nos obligaban a estar vacunados. Eso si, teniamos que hacer prueba de Covid antes de comenzar cada vuelo, mas ligero que el de Emirates, y casi siempre era gratis.

Capítulo 24

Volando el Mundo con el Jumbo o Reina de los Cielos, el Boeing 747-400

Esta no era una línea aérea normal. Se volaba carga peligrosa y pesada por todo el mundo. Sobre todo baterías de China, vehículos militares, armamento a bases aéreas en Israel y Polonia o otros destinos en el Medio Oriente y a ciertas islas en medio del mar Indico, (Diego Garcia). Algunos objetos puntiagudos que tenían la forma de un enorme lápiz labial, pero le llamaban

ayuda humanitaria. Una vez llevé un cohete satelital al sur de Brasil, hicieron mucha noticia especial sobre este evento, que fue mucho orgullo para Brasil. También a veces volábamos animales, ganado y borregos. Me tocó volar a aeropuertos peligrosos en Afganistán, Irak, Jordania, Tel Aviv, Grecia, Kazajistán, Turkistán, Uzbekistán, Pakistán y varios otros que terminan en "tan" (tan significa tierra de) y África, etc. Los destinos eran asignados unos días antes y seguido había cambios de último minuto.

Había veces que nos quedábamos en el avión hasta 30 horas. Llegábamos como zombis y a veces teníamos el descanso mínimo autorizado de 10 a 16 horas.

Llegué a darle dos vueltas al planeta Tierra en una semana. Pero también nos tocaban destinos interesantes y agradables, a veces con pernoctas hasta de tres días.

Los destinos que me han tocado en los últimos cuatro años han sido los siguientes: Honolulu, Hawái; Guam; Alaska, Estados Unidos; Canadá; Alemania; España; Italia; Inglaterra; Noruega; México; Colombia; Ecuador;  Argentina; Guatemala; Dubái; países africanos; el Medio Oriente; países asiáticos desde Japón, China y Corea del Sur; países que antes eran parte de la Unión Soviética, Kazajistán, Uzbekistán, Kirguistán, etc. Y recientemente, le agrego un país nuevo a mi colección de países, Chipre. Es una isla a 40 minutos al poniente de Israel. Creo que el total de países que he conocido llega aproximadamente a los 96.

Capítulo 25

Las Dificultades de Volar Carga vs. Pasajeros

Es muy cansado volar carga comparado a volar pasajeros. Los reglamentos que estipulan las horas de descanso requeridos para volar pasajeros son mucho mejores y se requieren más horas de descanso y menos horas de vuelo. Ya no extraño volar pasajeros y tener que ser sometido al control de seguridad en los aeropuertos. No crean que porque vamos como tripulantes en uniforme nos van a favorecer con

los pasos de seguridad. Hay veces que sospechan más de los tripulantes y nos hacen pasar por doble chequeo de nuestras maletas y personas.

Hubo un vuelo mientras volaba con Etihad, sucedió en Ámsterdam. Estaba yo pasando por el control de seguridad de KLM Airlines. Solo a mí me indicaron que pasara por la máquina de rayos X, obvio pensaron que era de origen árabe. Luego una chica con la varita mágica detectora me lo pasó de pies a cabeza, normal, pero luego un tipo con mala vibra y aliento de cebolla se me acercó. Por su acento y vibra negativa detecté que era del este de Europa. Me dijo que ahora él me tenía que checar con las manos. Aun así, siendo el capitán del vuelo, no me respetó mi persona.

Comenzó chequeando desde el cuello de mi camisa, pero con agresión y rudeza.

Yo lo cuestioné el porqué así de rudo y si era eso necesario, pero nada más me miró con una mirada fría de disgusto. Parece que se molestó porque cuando se agachó a checar la parte baja de mi cuerpo, me dio un palmazo en mis partes privadas, o sea, con la mano estirada hacia arriba me dio en los tanates. Cosa que yo, como reacción de defensa propia, le puse un karatazo al lado de la cabeza.

Mi brazo izquierdo reaccionó e impacto' en modo de defensa, contra su cabeza. Y el pendejo cayó de nalgas sobre el piso. Inmediatamente exigí hablar con su supervisor antes de que él comenzara a llamar a los de seguridad. Le gané la delantera y lo acusé de faltarme el respeto. Cosa que por suerte la chica que estaba controlando la máquina de rayos X vio'lo que paso'y estuvo de acuerdo conmigo.

Capítulo 26

Viajando por el Mundo, Aventuras y Desafíos

Se me subió la sangre a la cabeza con este episodio y hice que ese tipo se disculpara y que lo quitaran de allí. El supervisor también se disculpó y me dejaron continuar. Mientras mi tripulación me esperaba del otro lado después de ver todo el drama. Más tarde, durante el vuelo, todos nos reímos, ¿qué más nos quedaba por hacer? Volando carga no tenemos que pasar por esos controles por lo que pasan los pasajeros y tripulantes de línea aérea de pasaje. El avión normalmente está estacionado lejos en una rampa o plataforma especial para cargar y descargarlo. Nos traen catering y bebidas, no alcohólicas claro, y con transporte oficial pasamos por otra garita para empleados directo al avión.

Pero seguido tenemos que volar como pasajeros a encontrarnos con otra tripulación o destino. Y allí sí es muy pesado pasar por todo ese drama de control aeroportuario.

El mes pasado, después de aterrizar de un vuelo de doce horas de Nueva York a Tel Aviv, Israel, luego de esperar mientras descargaban el avión para volver a despegar hacia Chipre en un vuelo de 45 minutos. Luego, después de una pernocta en la costa de Larnaca, me querían mandar a Hawáii.
Después de 16 horas de descanso, primero me mandaron a Stuttgart, Alemania; luego Frankfurt; luego Vancouver, pero en business class, y de Vancouver a Honolulu, Hawái. En

fin, el viaje era de 28 horas totales. Lo bueno era que sí podía tomar vinito en vuelo, dormía como podía, y lo único que me mantenía tranquilo eran los dos días que me tocaba descansar en la playa de Waikiki en un buen hotel cinco estrellas.

También el ambiente es distinto. Cuando volaba pasajeros, teníamos un grupo grande de sobrecargos y seguido salíamos todos juntos a comer o beber. Era raro estar solo en una pernocta.

Volando carga, a veces estamos tan cansados que no nos quedan ganas de salir a pasear. Hay que hacer un esfuerzo enorme para mantenerse en forma, ir al gimnasio y caminar mucho. A mí lo que me ayuda mucho es hacer yoga todas las mañanas, combinado con power yoga y otros ejercicios calisténicos.

Muchas veces quiere uno solamente dormir y dormir más. Pero también en el avión dormimos. Éramos doble tripulación, así es que nos turnábamos para volar y descansar sobre las camitas tipo "bunk" que tiene el avión.

Los alimentos que nos subían al avión no estaban tan mal pero igual, no eran de lo mejor. En cada vuelo llevábamos dos mecánicos y un maestro de carga.

El Boeing 747 ciruculaba el mundo continuamente, y era común que se iba descomponiendo. Pero los dos mecánicos que traíamos a bordo hacían reparaciones necesarias para que el avión siguiera volando. Había que seguir el guía del equipo mínimo de operación para que fuera legal la operación. Algunas fallas que no se podían solucionar por falta de partes terminaban sentando el avión en lugares exóticos o aislados. Nosotros como Capitanes teníamos la ultima palabra si podíamos sacar el vuelo dentro de lo legal y lo seguro. Y si estábamos atorados en un paiz bonito y agradable, preferíamos sentar el avión hasta que mandaran partes para repararlo.

Hubo un vuelo en pleno invierno donde me quede' atorado por 48 horas. Sucedió' en Karaghanda Kazahkstan en temperaturas de menos -28 grados centígrados.

Uno de los motores no arrancaba lla que se había dannado el arrancador, y no teníamos refacción. Tuvieron que mandar la refacción via un jet privado. Pero fue' muy placentero esperar 48 horas en un buen hotel boutique que ofrecía comida excelente y buena cerveza.

Dos días después y el avión lla arreglado estábamos listos para despegar. Después de arrancar las cuatro turbinas, intentamos rodar por la plataforma hacia la pista, pero el avión no se movía ni un centímetro. Se había pagado al hielo que se había acumulado esos dos días. El tren de aterrizaje estaba pegado como con goma loca.

El aeropuerto proporciono' unos equipos enormes de calefacción para derretir el hielo pegado a las ruedas del tren de aterrizaje, y de esta manera logramos salir de esa trampa.

Nuestros mecánicos estuvieron trabajando en esas frías temperaturas hasta que lograron que se derritiera el hielo de las ruedas del avión.

Éramos un equipo de siete tripulantes y entre todos nos cordinabamos para sacar los vuelos adelante, pero el mando y la ultima palabra siempre la llevaba el Comandante del sector del vuelo, que en esta caso era yo.

Nuestro contrato consistía de 18 dias de viajes y 13 dias de descanso en nuestros domicilios. Este estilo de vida era muy pesado sobre todo para pilotos con hijos chicos. Afectaba el núcleo familiar y las relaciones sociales y el índice de diviorcios estaba muy alto.

Recientemente hice una rotación de 18 dias comenzando de San Diego a Zaragoza Espanna, via Anchorage y Toronto.

Después de 24 horas de descanso nos continuamos a Dubai y luego a Hongkong. Eventualmente terminamos la rotación del planeta en Los Angeles, via Anchorage. Otra circumnavegacion de la tierra en solo various días.

Había veces que me preguntaba si lo que yo hacia tenia sentido. Contaminando la atmosfera volando estos aviones por todo el mundo. Llevando armas y equipo militar a lugares de conflicto (armas para su defensa) a lugares como Isreal, Ukrania, Afghanistan y varios países Africanos.

Al igual, de esta manera seguido resultaba que se mantenía la paz mundial y se ayudaba a países pobres de Africa con ayuda humanitaria.

Pero era muy pesado llevar este estilo de vida. El jetlag y la deprivación de suenno además de las malcomidas, comenzaban a deteriorar el físico de uno. Era un estilo de vida muy abusivo hacia nuestra persona y físico. Hasta 30 horas de jornada podíamos hacer legalmente, y seguido lo hacíamos.

Para los ingenieros o mecánicos era aun mas abusivo porque ellos no tenían derecho al descanso mínimo, y había veces que no se bajaban del avión hasta por dos semanas. Pero la FAA ignoraba este tipo de abuso laboral hacia algunos tripulantes. Aun no entiendo como pueden considerar este tipo de jornadas legal.

Siempre existía el riesgo de fuego en el avión, lla que casi siempre llevábamos objetos flamables o explosivos en la mayoría de los vuelos.

Esta compañía lla había tenido un accidente fatal en Afghanistan en el 2013. El Boeing 747 despego de Bagram con vehículos militares pesados. No los habían sujetado correctamente y al elevarse la aeronave, se solto' un vehículo y golpeo' contra la parte trasera de la aeronave. Danno' los sistemas hidráulicos y los pilotos perdieron el control del avión, eventualmente estrellándose y explotando como bomba.

Por eso como Capitan, llevamos la responsabilidad de monitorear toda la operación y verificar que han cargado y sujetado la carga correctamente. Hay que tomar en cuenta que seguido estábamos cansados, desvelados, hambreados y con fatiga de jetlag acumulada. Esta condición sobre humana da lugar a cometer errores o malas decisiones.

En un vuelo normal, la operación se completaba con seguridad y efectividad. Pero cuando situaciones abnormales sucedían normalmente acompannadas por el efecto domino', o sea una serie de errores y fallas mecánicas o de genero meteorologico, el diablo andaba suelto.

Por eso, como aviador profesional, era muy importante llevar una vida ordenada y diciplinada. Físicamente y mentalmente. Alimentándose saludablemente, evitar exceso de alcohol (que es lo mas difícil lla que existe un índice muy alto de alcohólicos en la Aviacion).

Permaneciendo activo por medio de ejercicios es muy importante. Yo tenia mi rutina donde comenzaba mis días con ejercicios de Tai chi y luego Yoga. Además de caminar mucho y aveces llendo al gimnasio.

Se hizo un estudio hace varios años donde se determino' que la longevidad de pilotos que volaron vuelos internacionales toda su carrera llegaban a una edad promedio de 67 annos..

Les llegaba la muerte típicamente por tres factores. Ataque cardiaco, cirrosis en el hígado, y finalmente un balazo a la cabeza. Se podrán imaginar que situación extrema los inclinaria a esa ultima opción de salida. Tal vez después de jubilarse y escuchar a su mujer enfandosa todos los días, "saca la basura viejo".

El estress y la fatiga acumulada era el factor principal causante de enfermedades y debilidades físicas. Pero todo depende de nosotros cuidarnos y alimentarnos correctamente. Además de llevar una vida moderada y saludable. Evitando los vicios y situaciones peligrosas.

Yo agradezco al todo poderoso que he llegado a mi jubilación relativamente saludable y emocionalmente estable. Con excepción de algo de danno neuronal del sistema nervioso debido al estilo de vida que lleve' en la aviación internacional.

Pero sigo siendo activo con yoga y surfeando los olas de agua tibia en Manzanillo Colima. Por que como sabrán, la vida es mas sabrosa en el mar.

He completado casi 23,000 horas de vuelo en mis 35 annos de vuelos comerciales. Vienen siendo el equivalente a 11'500,000 millas náuticas. Que si se dividen por 24,900 millas de circunferencia del planeta tierra, llegamos al equivalente de 460 vueltas alrededor de la tierra. En los últimos cinco años calculo que le di la vuelta al mundo alrededor de 100 veces.

Cabe decir y aclarar que la tierra en efecto es redonda. Esto le pone fin a la estúpida teoría que la tierra es plana, y creo calificar como testigo físico que en efecto la tierra es redonda, eso a mi me consta.

Lo mas importante al jubilarse es que hay que tener proyectos y tareas. Entretenimientos, hobbies, y mantenerse mentalmente y físicamente ocupados siempre.

Para los futuros aviadores les comparto mis consejos. Si tienen esa pasión y amor por los aviones y la aventura de viajar, adelante, no dejen ese suenno. Haganlo realidad, no se rindan ni se dejen convencer que no pueden.

Visualizenlo y haganlo realidad. No les garantizo que para entonces aun nos necesiten para operar estas aeronaves. Es posible que la tecnología nos remplace con robots o seres AI, inteligencia artificial.

Pero si ustedes tienen las tres cualidades necesarias para ser aviadores a la antigüita, que son los siguientes: que les gusten las mujeres, las matemáticas y el alcohol. Podran llegar muy lejos en la Aviacion. Algo de broma y ironía.

Desafortunadamente, los aviones modernos se han convertido en computadoras voladoras con alas. Cada vez requieren menos habilidades de aviador. La nueva generación de pilotos se han convertido mas en operadores que aviadores. Operadores de una aeronave que se vuela casi sola y que requiere menos habilidades de un piloto humano.

Hago referencia al Scarebus, Airbus, que hace ver que un piloto mediocre se pueda ver y sentir muy chingon, pero un Piloto de Boeing se pueda sentir mediocre volando un Airbus. Y no es para que se ofendan pero hay algo de cierto en esta analogía.

Antes de despedirme, quiero contarles una ultima anécdota de mis Horta aventuras en la aviación.

Hace unos meses, salimos de Lima Peru' hacia Miami. Con un peso máximo de despegue de casi 400 toneladas. La carga consistía de 107 toneladas de berries. Le tocaba volar esta pierna al copiloto así es que el inicio' el despegue.

Mientras el avión ascendía, note' que la turbina numero cuatro indicaba un EGT, exhaust gas temperatura, casi excediendo el arco rojo.

Estábamos pasando 6000 pies y lla habíamos librado los obstáculos críticos alrededor del aeropuerto. Mientras el Copiloto volaba con el piloto automático, yo le dije que continuara volando mientras yo monitoreaba las indicaciones del motor numero cuatro.

Por instinto reduje un poco la potencia de ese motor para evitar una excedencia y danno a esa turbina. De lo contrario si se excediera se podría desarrollar un calentamiento o fuego de motor, y eso lla seria una situacion critica.

Mientras tanto continuamos ascendiendo al nivel autorizado de 28000 pies, dado por control aéreo de Peru. El motor seguía operando dentro de rangos normales pero cada vez requeria mas reducción para evitar el arco rojo.

Al llegar a los 28000 mil pies nos nivelamos y continue' monitoreando la turbina numero cuatro. De repente aparecio' en el EICAS (engine indicating and crew alerting system) un mensaje que decía (Engine 4 Failure). Indicando que nos había fallado la turbina numero 4.

Lo primero viene primero y las tres reglas sonaron en mi cabeza. Aviate, Navigate, Communicate. Vuela la aeronave, Navega y Comunicate. Le confirme' al copiloto, que continuara llevando el control de la aeronave, navegando de acuerdo a la salida codificada, y tercero, le informe' al Control Aereo Peru de nuestra situación. Primero llame' Pan Pan Pan, que es como un Mayday pero nuestra situación aun no entraba en los reglamentos de Mayday, lla que no había fuego o danno critico del motor.

Lo primero era mantener control de la aeronave, aplicando el timón necesario para evitar perdida de vuelo nivelado y controlado, debido a la falla de esa turbina. Lo segundo me dirigi' a la FMS (flight management computer) y confirme' Engine Failure para que nos indicara que nivel de vuelo podía sostener con solo tres turbinas. Por fortuna los 28000 pies que mantuvimos era el nivel de vuelo indicado.

Luego informe' a ATC Control Aereo que necesitábamos mantener 28000 pies, y solicitábamos vectores con rumbo Norte hacia la costa para evitar las zonas montañosas.

Luego comenze' a leer la QRH Checklist abnormal para nuestro caso que era, Engine Failure. Intentamos arrancarlo según lo indicaba el Checklist, pero no arrancaba así que continuamos con el engine shutdown, (apague de motor).

Mientras tanto le pedí al segundo Capitan Cesar que iba atrás de mi, que se comunicara con la Compannia via satélite. Para que les informara de nuestra situación, y solicitar instrucciones nuevas. Por lo tanto, yo como el Comandante del vuelo tenia que decidir los siguientes pasos a seguir. Había decidido seguir por la costa via Peru, Ecuador, Colombia para posiblemente desviarnos a Panama.

En este caso, no aplicaba el reglamento que indicaba regresar o bajar al aeropuerto mas cercano, lla que teníamos aun 3 turbinas operando. Ese reglamento aplica para aeronaves de solo dos turbinas. Nuestra situación no era aun una Emergencia y podíamos continuar a otro aeropuerto mas distante si así lo dictaba la Compannia.

La compañía nos informo' que continuaramos a Miami lla que teníamos suficiente combustible. Yo estuve de acuerdo porque este Boeing 747-400 podia sostener vuelo con solo tres turbinas y también debido a que nuestra preciosa carga de berries no debian de dejarse hechar a perder.

Así es que le informe' al control Aereo de nuestra decisión a continuarnos a Miami, via una ruta modificada para evitar zonas montañosas. El vuelo duraría 4 horas y media y teníamos suficiente combustible para un aeropuerto alterno que seria Orlando Florida. El departamento de Operaciones calculo' que nuestro combustible y peso máximo de aterrizaje para la llegada no excediera 295 toneladas.

Cuatro horas y media después, comenzábamos la aproximación a Miami. Había sido una noche larga y algo estresante. La meteorología nos favorecía y nos preparamos para la pista 09, hacia el poniente. Durante el briefing confirme' con el co-piloto que si se sentía bien para hacer la aproximación y aterrizaje. Decidi' que era mejor que el volara y yo de esta manera estaba mas atento a la operación, organización, progreso y administración del vuelo.

Un aterrizaje con tres motores es casi como una situación normal, excepto si se inicia una ida al aire, o sea un Missed Approach, aproximación fallida. Es allí que el piloto volando tiene que estar atento al uso correcto del timón. Para mantener el avión equilibrado al aplicar potencia máxima para la ida al aire.

Lla para virar a interceptarl el localizador de la pista 09 con un rumbo 060, el avión no había aun interceptado porque se quedo' en un rumbo paralelo pero sin capturar el localizador a la pista. Le pedí' a Control aéreo Miami un nuevo rumbo para interceptar pero nos dieron una nueva instrucción de cancelar la aproximación e iniciar un rumbo a 180 grados, para intentar la aproximación de nuevo.

El copiloto presiono' TOGA, potencia máxima para una aproximación fallida y el piloto automático que aun estaba engarzado, comenzó su ascenso con 15 grados de nariz arriba. Mientras también iniciaba un viraje a la derecha al rumbo 180. Yo lo apollaba configurando el avión con aletas 20 y luego tren arriba.

De repente durante el viraje, el avión se continuaba a inclinar mas de 30 grados de banqueo hacia la derecha, debido a la potencia máxima y falta de presionar mas el pedal del timón izquierdo. Yo le recorde' al co-piloto que había que presionar mas el timón pero parecía que no era suficiente.

Es cuando dicidi' tomar el control del avión, mientras en voz fuerte exclame', "I have control" yo tengo el control. Presione fuertemente el pedal al timón izquierdo mientras desconectaba el piloto automático y nivelaba las alas. Antes de que el piloto automático del avión perdiera control. Era un momento critico que requeria intervención manual inmediata. Luego mantuve las nuevas instrucciones de ascender a 3000 pies y mantener el rumbo 180. Enseguida mantuvimos aletas 5 grados y viramos al nuevo rumbo de 270.

Lla establecidos y el avión estabilizado, le indique' al co-piloto que yo continuaría volando, y el estuvo de acuerdo.

Justo cuando nos daban la nueva instrucción que viraramos al rumbo 360 y decendieramos a 1500 pies para otra aproximación ILS Pista 09, de repente mis instrumentos de vuelo comenzaron a fallar. Alarmas y banderas rojas en mi Attitude Direction Indicator, PFD, primary flight display. Era otro momento critico porque ahora yo no podía seguir volando de mi lado izquierdo.

 Memory checklist, Airspeed Unreliable, exclame'. Entre los dos determinamos que eran solo los instrumentos de mi lado izquierdo que habían fallado, y que los instrumentos del co-piloto aun eran validos.

De nuevo le pase' al avión al co-piloto diciendo, You Have Control. El reacciono' correctamente y asumio' su rol como PF, Pilot flying. Terminamos de configurar el avión para el aterrizaje lla bien establecidos en el Localizador y el Glide slope, la pendiente de planeo. Complete' la lista de checkeo de aterrizaje y nos autorizaron a aterrizar. El co-piloto hizo un buen aterrizaje y cuando comenzo' a frenar el avión, yo tome' de nuevo el control de la aeronave para rodar a la plataforma donde nos esperaban empleados de la Compannia.

Fue' una situación inesperada y peligrosa. Como un episodio de "Twilight zone". Este tipo de emergencias las practicábamos en el simulador cada 6 meses.

Después de un vuelo de casi 5 horas con un falla mecánica, falla de motor, para luego una inesperada aproximación fallida que casi termina en tragedia, y aun mas con una falla de instrumentos en esa fase de vuelo, era cosa de películas.

Pero por suerte, todos reaccionamos y operamos de acuerdo al adiestramiento periódico y protocolos que estamos sujetos cada seis meses. Mi tripulación y yo completamos ese vuelo infernal de la manera mas segura y con eficiencia máxima.

Al llegar a plataforma y apagando motores me sentia cansado y estresado. Terminamos las Listas de Checkeo y firme' la bitácora de vuelo después de reportar la falla de motor de una manera breve.

Apenas íbamos saliendo de US Customs cuando me hablo' el jefe de mantemiento, sugeriendo que regresara' a la aeronave a dar mas descripción de lo sucedido. Pero yo le hice saber cortezmente que lla no podía regresar porque después de haber salido de Aduana, lla no se podía ingresar.

Pero le sugeri', que si el mecánico a bordo me traía la bitácora al hotel donde nos hospedábamos, con todo gusto le agregaría mas descripción sobre la falla de motor. Y estuvo de acuerdo. Y sucedió' así, el mecánico me trajo la bitácora a la recepción del hotel y complete' mas detalles sobre lo sucedido de esa turbina en vuelo.

Parece que ese señor jefe de mantenimiento estaba preocupado que la culpa de la falla de motor se la iban a achacar a el. Porque se sabia que ese motor lla había desarrollado problemas anteriormente, y el seguía autorizando que se siguiera operando ese avión así.

Necesitaba crear una cortina de humo como distracción, y me acuso' con mi Jefe de Pilotos que yo había sido rudo y que me negue' a cooperar con el cuando me sugerio' que regeresara al avión.

Me cancelaron mis próximos vuelos y me mandaron llamar a Orlando para una junta tipo interrogación en Company Headquarters.

Lla en la junta, con varios jefes, me hicieron saber de lo que se me acusaba. Estaba sentado en frente del tipo ese que me acusaba y evitaba la mirada, les dije que yo nadamas había seguido reglas de seguridad que no podía violar, no intentar regresar por la salida de US Customs (Aduana). Y también agregue' que esa acusación hacia mi persona estaba enormemente exagerada y dramatizada como una telenovela dramática.

El tipo que hizo la acusacion no me miraba para nada y le quizo hechar la culpa al mecánico que venia en el vuelo conmigo. Parece que mis respuestas fueron satisfactorias y mi Jefe de Pilotos cortezmente me dijo que lla estaba todo aclarado y además me dio' las gracias por mi eficiencia y éxito de operar ese vuelo lleno de problemas.

Me dejaron en Standby 4 dias en Orlando porque querían que sacara' un avión antes de que se aproximara un huracán que estaba por llegar a esa zona. Y al final me dejaron ir porque ese avión no estaba aun autorizado para volar. Por suerte sali para mi casa a San Diego justamente en el ultimo vuelo antes de que cerraran el aeropuerto.

Desafortunadamente, existe algo de animosidad hacia nosotros los pilotos, por otros grupos de la aviación. En situaciones de incidentes o accidentes, siempre quieren buscar culpar al Capitan. Aun cuando hubieron otros factores, fatiga, desveladas, jetlag, mal tiempo, MAL MANTENIMIENTO, mala administración, abuso físico hacia las tripulaciones debido a vuelos muy largos con jornadas hasta de 30 horas con descansos inadecuados, y mala alimentación.

Todos estos factores actúan en contra de los Pilotos, cuando hay fallas mecánicas, mal tiempo o eventos sorpresa que causan que los pilotos hagamos una mala decisión o reacción incorrecta.

A veces también se puede equivocar el Piloto y aterrizar largo en una pista corta y resbalosa. Terminando en pedasitos en el zacate en el lado opuesta de la pista. Otras veces puede ser que la combinación de un Capitan nuevo con un Copiloto nuevo en un aeropuerto nuevo y con mal tiempo sea la causa de un accidente.

Lo que ignoran las investigaciones es que, siempre el factor principal es la fatiga de los tripulantes. El jetlag, la deprivación de suenno, todo esto afecta a la mente humana en situaciones criticas. Se les olvida que somos humanos, y no robots.

Me despido de la aviación este año y ahora podre' disfrutar de mi propia vida, con mi familia, hijos, nieto, amistades y mis hobbies. No creo que me valla a aburrir.

Vivire' el resto de mi vida como si fuese el ultimo día, disfrutando de los momentos y de lo que el universo me siga ofreciendo. Y cuando me llame la calaca, espero tener un aviso previo para organizar un fiesta en la playa, con mariachi y grupo de rock clásico. Solamente los que se consideran mis vedarderos amigos están invitados.

Les agradezco su atención y interés en mi libro y en mi vida excepcional que he vivido. Espero que les halla servido de inspiración a las mentes jóvenes y sonnadores. Al mismo tiempo me disculpo si los ofendi' con mis opiniones directas, pero les recuerdo que dejen de llorar antes de que les pegen. Es hora que dejen de hacerse la victima y agarren ese toro por los cuernos y enfrentense a la vida. Visualizen sus suennos y haganlos realidad. Todo es posible y nada es imposible. Y como decía el gran Kaliman el hombre increíble, "Serenidad y paciencia, la mente lo domina todo".

Sinceramente,

Capitan Enrique Henry Horta Carrillo.

Alias, Capt Bligh.